Bianca

P9-DWU-863

Sara Craven
Prisionera del conde

HARLEQUIN

Editado por HARLEQUIN IBÉRICA, S.A.
Núñez de Balboa, 56
28001 Madrid

I.S.B.N.: 978-84-687-3157-5
Depósito legal: M-19365-2013
Editor responsable: Luis Pugni
Fotomecánica: M.T. Color & Diseño, S.L. Las Rozas (Madrid)
Impresión en Black print CPI (Barcelona)
Fecha impresion para Argentina: 10.3.14
Distribuidor exclusivo para España: LOGISTA
Distribuidor para México: CODIPLYRSA
Distribuidores para Argentina: interior, BERTRAN, S.A.C. Vélez
Sársfield, 1950. Cap. Fed./ Buenos Aires y Gran Buenos Aires,
VACCARO SÁNCHEZ y Cía, S.A.

Capítulo 1

REINABA el silencio en la sala, iluminada tan solo por una pequeña lámpara. El único sonido que se escuchaba era el del ocasional susurro del papel cuando el hombre sentado al antiguo escritorio pasaba las páginas del dossier que tenía frente a él. No tenía prisa. Fruncía con suavidad las negras cejas mientras examinaba cuidadosamente las páginas impresas y las iba dejando a un lado.

El hombre de cabello grisáceo que estaba sentado enfrente lo observaba atentamente, pensando que ya no quedaba rastro del muchacho que había conocido en aquel hombre moreno y de rostro incisivo que se inclinaba sobre los documentos que él le había llevado tan solo unas pocas horas antes.

La lectura terminó por fin. El hombre de cabello oscuro, el más joven, levantó la mirada y asintió para dar su aprobación.

–Ha sido usted más que meticuloso, *signor* Massimo. Lo felicito. Una vida entera redactada para que yo pueda inspeccionarla. No tiene precio –una rápida sonrisa suavizó momentáneamente los duros rasgos de su boca y añadió brillo a unos ojos que eran casi del color de ámbar. Era un rostro orgulloso, de nariz aguileña, moldeados pómulos y fuerte barbilla. Resultaba demasiado austero, demasiado frío, para ser verdaderamente hermoso.

Guido Massimo se quedó mirándolo mientras él tomaba la fotografía, que era lo único que quedaba en el dossier, y la estudiaba también. La muchacha que aparecía en ella era rubia. Los pálidos mechones de su cabello le caían como cortinas de seda casi hasta la los hombros. Tenía el rostro ovalado, de piel cremosa, y los ojos de un tono gris muy claro. La nariz era pequeña y recta, la barbilla firme, dominada por unos labios delicadamente curvados que, en aquella instantánea, esbozaban una ligera sonrisa.

–¿Cuándo se tomó esta fotografía? –preguntó el hombre más joven.

–Hace unos meses, con motivo de su compromiso –replicó Guido Massimo–. Apareció en una revista que se publica en el país en el que ella se crio. *Che bella ragazza!*

Aquel comentario de apreciación fue recibido con un gesto de indiferencia.

–Los rasgos anglosajones carecen de atractivo para mí –dijo su interlocutor–, lo que, dadas las circunstancias, debe de ser muy afortunado. Sin embargo, sin duda su *fidanzato* tendrá un punto de vista muy diferente y pagará el precio requerido porque regrese sana y salva. Esperemos, claro está.

El *signor* Massimo asintió cortésmente. Sabía muy bien que los gustos de su anfitrión tendían a las mujeres elegantes y voluptuosas, pero también que no hubiera sido muy sensato por su parte dejar ver que conocía aquel detalle.

El hombre más joven volvió a meter la fotografía en el dossier y se reclinó en su butaca. Tenía el ceño fruncido.

–La boda va a celebrarse dentro de dos meses, lo que significa que no hay tiempo que perder. La resolución del asunto es urgente, lo que es bueno.

Con gesto ausente, comenzó a jugar con el pesado sello de oro que llevaba en la mano derecha.

—Cuénteme más sobre la productora de televisión para la que ella trabaja. Dice que realizan programas para varios canales.

—Y con bastante éxito. En la actualidad, ella es una realizadora con el objetivo de pasarse al mundo de la producción, pero parece que el matrimonio va a terminar con esas esperanzas. Como he mencionado en el dossier, su *fidanzato* ha dejado muy claro que no desea que su esposa trabaje.

—Y ese hecho ha causado una cierta fricción entre ellos, ¿no?

—Eso parece.

—La ambición contra el amor... Me pregunto qué escogerá ella cuando se le ofrezca algo que le tiente realmente. ¿Le gusta apostar, *signor* Massimo?

—Solo en escasas ocasiones.

—Y, en esta situación, ¿dónde apostaría su dinero?

Guido se encogió de hombros.

—Una mujer a punto de casarse... Supongo que deseará complacer a su futuro esposo.

—Es usted inesperadamente romántico, pero me da la sensación de que se equivoca —repuso con una sonrisa felina—. Sé que el cebo la conducirá hasta mí.

—Si puedo ayudarlo en algo más... —empezó Massimo, pero se interrumpió al ver que su interlocutor levantaba la mano.

—Se lo agradezco mucho, pero creo que a partir de aquí es mejor que cese su implicación en el caso. Lo que ocurra debería ser tan solo mi responsabilidad. No me gustaría que usted tuviera que responder ninguna pregunta incómoda. Por lo tanto, cuanto menos sepa, mejor. Eso nos deja tan solo pendiente el asunto de sus honorarios —añadió mientras abría un cajón y sacaba un abultado sobre, que entregó a Massimo—. Por las mismas razones, acordamos que esta transacción se realizara en efectivo. Por supuesto, puede contarlo.

–Ni se me ocurriría hacerlo.

–Como guste. Eso significa que tan solo me queda darle las gracias una vez más y desearle buenas noches. Nos veremos mañana a la hora de desayunar.

Guido Massimo se levantó, realizó una ligera inclinación de cabeza y se dirigió a la puerta. Al llegar allí, se detuvo un instante antes de darse la vuelta.

–Debo preguntarle una cosa más. ¿Está usted... decidido? ¿Está completamente seguro de que no hay otra opción? Después de todo, esa mujer es completamente inocente en este asunto. ¿Se merece que la traten de ese modo? Quiero que entienda que se trata tan solo de una pregunta.

–Lo comprendo perfectamente, pero no debe usted preocuparse, amigo mío. Cuando tenga lo que quiero, su *bella ragazza* retornará sana y salva con su futuro marido. Eso, por supuesto, si él aún la quiere –añadió con gesto adusto. Entonces, se levantó de la butaca y apoyó las manos sobre las estrechas caderas–. Le aseguro que no tiene necesidad alguna de tener compasión de ella.

«La tendré de todas maneras», pensó Guido Massimo mientras abandonaba el despacho. «Y también me apiadaré del muchacho que conocí un día y lo recordaré en mis oraciones».

–Cariño, te ruego que me digas que esto es una broma –dijo Jeremy.

Madeleine Lang dejó su copa y lo miró a través de la mesa del bar con genuina perplejidad.

–¿Broma? Estoy hablando de mi trabajo y lo hago totalmente en serio. ¿Por qué iba a estar bromeando?

—Bueno, solo está la pequeña cuestión de una boda con más de doscientos invitados que hay que organizar. ¿O acaso se va a dejar eso en suspenso mientras tú te vas a Italia a buscar gamusinos?

Madeleine se mordió el labio.

—De en suspenso, nada, con tu madrastra al mando. Dudo que mi ausencia se note siquiera.

Se produjo una tensa pausa. Después, Jeremy extendió la mano y tomó la de Madeleine con expresión compungida.

—Cariño, sé que Esme puede ser bastante autoritaria...

—Jeremy, decir eso es poco y lo sabes —replicó ella con un suspiro—. Todo lo que yo quiero y sugiero es... desestimado sin miramientos. De hecho, ni siquiera me parece ya que se trate de nuestra boda.

—Lo siento, Maddie, pero es algo muy importante para la familia y mi padre quiere que todo salga a la perfección. A pesar de que los tiempos son duros, Sylvester y Compañía sigue en la cresta de la ola.

—Ojalá fuera solo un asunto familiar —musitó Madeleine—. ¿De dónde salen todos esos invitados? Yo ni siquiera he oído hablar de dos tercios de ellos.

—Clientes del banco, socios de negocios, viejos amigos de mi padre... Sin embargo, te aseguro que podría haber sido mucho peor. Lo que tenemos ahora es la lista de los más importantes.

—Pues no me tranquiliza especialmente.

—¡Venga ya! No es tan malo —comentó Jeremy con una cierta incomodidad—, pero podría serlo si insistes en esa tontería de marcharte a Italia.

—Me resulta increíble lo que acabas de decir. Primero era una broma. Ahora es una tontería. Jeremy, estamos hablando de mi trabajo...

—Del que era tu trabajo —replicó él a la defensiva—.

Muy pronto ya no lo será. Entonces, ¿qué sentido tiene que te marches a Italia para buscar a una cantante de la que nadie ha oído hablar nunca?

–Eso no es cierto. La gente la conoce –le espetó Madeleine–. Floria Bartrando fue la soprano más maravillosa de su generación. Se decía de ella que iba a ser otra María Callas y, de repente, sin explicación alguna, desapareció. Es un misterio desde hace treinta años y ahora yo tengo la oportunidad de resolverlo.

–¿Y por qué tú? –preguntó Jeremy mientras volvía a llenar sus copas–. Tú no eres la única realizadora del equipo.

–Nuestros contactos italianos vieron el programa sobre la última sinfonía de Hadley Cunningham. La que nadie sabía que había compuesto. Pero yo recopilé la mayoría de la información al respecto. Por eso, Todd me eligió para esto.

–Francamente, cariño –dijo Jeremy frunciendo el ceño–, cuando dijiste que tenías algo que contarme, di por sentado que habías entregado tu renuncia tal y como habíamos acordado.

–Te dije que me lo pensaría –replicó ella–. Ya lo he hecho y he decidido que no voy a dejar un trabajo que adoro sin una buena razón. Sin embargo, me he tomado varias semanas de vacaciones para nuestra luna de miel.

Jeremy la miró con incredulidad.

–¿Y se supone que te tengo que estar agradecido por eso? –preguntó él con sarcasmo.

–Bueno, pues sí –respondió ella alegremente–. Después de todo, no creo que te apetezca ir a las Maldivas solo.

–Lo siento, pero esto no me resulta en absoluto divertido.

–Ni a mí tampoco. De hecho, estoy hablando completamente en serio. Jeremy, por favor, te ruego que lo comprendas.

–¿Qué tengo que comprender? Evidentemente, reco-pilar material para un canal de televisión con poca au-diencia significa más para ti que ser mi esposa.

–Ahora sí que estás diciendo tonterías –replicó Madeleine acaloradamente–. Estamos en el siglo XXI, por el amor de Dios. La mayoría de las mujeres combinan sus matrimonios con una profesión hoy en día, por si aún no te habías dado cuenta.

–Bien, pues yo quiero que consideres nuestro matri-monio como tu profesión –afirmó Jeremy con seriedad–. No creo que te des cuenta de lo ajetreada que va a ser nuestra vida social ni de cuántas fiestas tendremos que realizar en nuestra casa. Y me refiero a cenas de verdad, no a preparar cualquier costa en el último momento.

–¿Es así como me consideras? ¿Como una incompe-tente con cerebro de mosquito?

–No, cariño, por supuesto que no –dijo él en tono más conciliador–. Es solo que no estamos seguros de que te des cuenta de lo mucho que tendrás que ocuparte o de lo estresante que esto podría resultarte.

Maddie se reclinó en su asiento y lo miró fijamente a los ojos.

–Supongo que ese plural no es el mayestático, así que he de deducir que estás hablado de esto con tu padre.

–Naturalmente.

Madeleine se mordió el labio.

–Jeremy, tal vez la boda ya no sea algo nuestro, pero se trata de nuestro matrimonio y debes conseguir que él lo vea. No tengo intención de defraudarte ni de dejar de proporcionarte el apoyo que necesitas en tu carrera. Lo único que pido es que hagas lo mismo por mí. ¿Tan di-fícil te resulta eso?

Se produjo un largo silencio. Entonces, Jeremy vol-vió a tomar la palabra.

–Si lo dices así, supongo que no. Volveré a hablar

con mi padre, lo que me recuerda... –añadió. Miró su reloj e hizo un gesto de sorpresa–. Ahora, tengo que marcharme. Tengo que reunirme con algunas personas en The Ivy –explicó. Entonces, hizo una pequeña pausa–. ¿Estás segura de que no quieres venir conmigo? No es problema alguno.

Maddie se levantó y sonrió mientras indicaba los ceñidos vaqueros y la camiseta que llevaba puestos.

–Yo no estoy vestida para cenar en un restaurante tan elegante. Otra vez será, cariño.

–¿Qué vas a hacer tú? –preguntó él. Parecía ansioso.

Madeleine se encogió de hombros mientras se ponía una chaqueta a cuadros azul marino y blanco y agarraba su bolso.

–Bueno, me quedaré en casa. Me lavaré el pelo, me haré la manicura...

Jeremy la tomó entre sus brazos y le dio un beso.

–No debemos pelearnos –musitó–. Podemos solucionar las cosas. Lo sé.

–Sí –replicó ella–. Por supuesto que podemos.

En el exterior del bar, Madeleine observó cómo Jeremy tomaba un taxi. Tras despedirse de él, echó a andar lentamente hacia la calle en la que estaba la productora Athene.

Suponía que aquella confrontación había sido inevitable, pero saberlo no hacía que resultara más fácil. De algún modo, tenía que convencer a Jeremy de que podría conseguir éxito en su doble faceta de mujer casada y trabajadora, a pesar de que su futuro suegro pensara todo lo contrario.

Conocía a los Sylvester prácticamente de toda la vida. Beth Sylvester, una antigua amiga del colegio de su madre, era su madrina y, de niña, Maddie había pasado parte de los veranos en Fallowdene, la enorme casa de campo propiedad de la potentada familia.

Para ella había sido algo idílico. No obstante, desde el principio había sabido instintivamente que, mientras que su madrina era para ella la tía Beth, su esposo seguía siendo el señor Sylvester. Jamás se había convertido en el tío Nigel. Fallowdene no era una casa especialmente hermosa, pero para Maddie siempre había sido un lugar de ensueño, en especial cuando Jeremy, el único hijo de los Sylvester y siete años mayor y más maduro que ella en todos los sentidos, estaba allí para que lo hiciera objeto de su adoración.

Sin embargo, los recuerdos más indelebles no eran de Jeremy, a pesar de que la atracción que había sentido hacia él había durado prácticamente hasta la adolescencia. Lo que recordaba más claramente era el modo en el que la atmósfera de la casa cambiaba sutilmente cada vez que Nigel Sylvester llegaba a casa.

Era un hombre de estatura media, que, de algún modo, daba la impresión de ser mucho más alto. Tenía el cabello gris desde muy joven, lo que suponía un turbador contraste con la negrura de sus cejas. En realidad, no era solo su aspecto lo que intranquilizaba, sino el hecho de que jamás pasaba nada por alto, aunque ella jamás había oído que él levantara la voz para expresar su desacuerdo. A menudo, Maddie había pensado que habría sido mejor que él gritara de vez en cuando. Había algo en su impasibilidad que la aterrorizaba cada vez que Nigel se dirigía a ella, y la hacía tartamudear. En realidad, Maddie no solía tener mucho que decirle. Había adivinado bastante pronto que Nigel simplemente toleraba su presencia en Fallowdene y, en consecuencia, trataba de mantenerse alejada de él.

No le resultaba demasiado difícil. Como dormitorio, tenía la antigua sala de juegos de Jeremy. Tenía una estantería repleta de libros infantiles y juveniles. Al principio, cuando era muy joven, la tía Beth le leía cuentos antes de irse a la cama. Más tarde, se había contentado con pasarse horas en solitario leyendo.

Sin embargo, su infancia feliz había llegado a su fin trágica y repentinamente una terrible noche de invierno, cuando una carretera helada y un conductor borracho se habían combinado fatalmente para arrebatarle a su padre y a su madre.

Ella estaba con la tía Fee, la hermana pequeña de su madre en aquel momento. Su tía había asumido inmediatamente que se haría cargo de ella hasta que, durante el entierro, la tía Beth le había propuesto adoptar a su ahijada.

Fee rechazó la oferta y, junto a su marido Patrick, habían hecho que Maddie se sintiera amada y cómoda en su compañía.

A pesar de todo, sus visitas a Fallowdene continuaron como antes. Pero un día mientras Maddie estudiaba su primer año en la universidad, la tía Beth murió repentinamente de un ataque al corazón mientras dormía. Maddie asistió al entierro en compañía de sus padres adoptivos y, al darle el pésame al señor Sylvester, comprendió que nunca más sería bienvenida a Fallowdene.

Por eso, aproximadamente una semana más tarde, se quedó atónita al recibir una carta de un bufete de abogados en el que se la informaba de que la tía Beth le había dejado una suma de dinero lo suficientemente importante como para financiar por completo sus estudios universitarios sin la necesidad de un préstamo, además de legarle todos los libros que había habido en su dormitorio. Eso significó mucho más para ella que el dinero.

–¡Qué amable por su parte! –había exclamado Maddie–. La tía Beth siempre supo lo mucho que esos libros significaron para mí, pero ¿no los querrá Jeremy?

–Parece que no –había respondido la tía Fee–. Supongo que, si tú los rechazaras, irían a una tienda de segunda mano. Sin duda, a Nigel le recuerdan demasiado la maravillosa carrera que él interrumpió.

—¿Carrera? —repitió Maddie—. ¿Fue Beth escritora? Jamás me lo dijo.

—No, no fue escritora. Fue una editora de mucho éxito en *Penlaggan Press*. Tu madre me dijo que *Penlaggan* hizo todo lo que pudo para intentar que regresara en numerosas ocasiones. Incluso le ofrecieron trabajar desde casa. Jamás aceptó. Parece que las esposas de los Sylvester no trabajan.

—Pero si se le daba tan bien su trabajo...

—Eso seguramente era el problema.

Maddie jamás había olvidado aquel aspecto del matrimonio de su tía Beth. A las puertas del suyo, adquiría una dimensión renovada y bastante desagradable.

Además, aún le dolía recordar cuando Nigel Sylvester, poco más de un año después de la muerte de Beth, anunció su compromiso con una viuda llamada Esme Hammond y se casó con ella tan solo un mes más tarde.

Entonces, bastante inesperadamente, ella se encontró con Jeremy en una fiesta en Londres. Él pareció ponerse muy contento al verla y le pidió su número de teléfono. Días después, la llamó para invitarla a cenar. Después, los acontecimientos parecieron precipitarse.

Jeremy había dejado de ser el muchacho distante y taciturno que tanto la había evitado cuando ella era una niña. Parecía haber heredado el encanto de su madre, pero, a pesar de los años pasados en la universidad y de su estancia en la Facultad de Empresariales de Harvard antes de empezar a trabajar para Sylvester y Compañía, parecía estar bajo el dominio absoluto de su padre.

Sorprendentemente, Nigel no se opuso al compromiso de los dos jóvenes. Sin embargo, si Maddie había asumido que Jeremy le pediría que se mudara con él al apartamento de la empresa, no tardó en descubrir que estaba muy equivocada.

–Mi padre dice que lo necesita algunas veces –le había dicho Jeremy–. Además, resultaría extraño e incómodo que tú estuvieras allí, y a mi padre le parece que deberíamos esperar a vivir juntos hasta que estemos casados.

–¿Y quién hace eso hoy en día? –preguntó Maddie asombrada.

–Supongo que, en estas cosas, mi padre es muy tradicional.

Maddie estaba convencida de que la palabra «hipócrita» definía mejor la actitud de Nigel. Se habría apostado el suelo de un año a que Nigel y la glamurosa Esme habían estado compartiendo cama incluso cuando la tía Beth estaba viva.

–¿Y qué ocurrirá después de la boda? Porque entonces viviremos allí. ¿O acaso espera tu padre que yo me marche cuando él tenga planes de pasar la noche en el apartamento?

–No, por supuesto que no. Me ha dicho que piensa reservar una suite en un hotel. Y créeme, cariño, podría ser peor. Cuando empezó, Sylvester y Compañía era Sylvester, Felderstein y Marchetti. Podrías tener pasándose por el apartamento un montón de socios extranjeros.

–Podría ser divertido. ¿Y qué ha pasado con ellos?

–Murieron sin herederos o estos empezaron nuevas empresas propias. Por lo menos, eso fue lo que me dijo mi padre.

Desde entonces, Nigel Sylvester había alcanzado el éxito y había formado parte de los comités de asesoramiento del gobierno en cuestiones de banca y asuntos económicos. Se rumoreaba que iba a estar entre los que formaban parte de la lista de reconocimientos que la mismísima reina elaboraba en el año nuevo.

Mientras tomaba el ascensor que la llevaría a su despacho, Maddie se preguntó si su futuro suegro esperaría que ella lo llamara *milord*. Esme sería aún más insufrible cuando fuera lady Sylvester.

«Ya me ocuparé de esto cuando llegue el momento. Por ahora, voy a concentrarme en mi trabajo». «Italia en el mes de mayo. Casi no puedo esperar», pensó con un suspiro de éxtasis.

Capítulo 2

MADDIE no se creyó que se fuera a marchar a Italia hasta que el avión despegó. En vista de lo ocurrido en los diez últimos días, no le habría sorprendido que Nigel Sylvester hubiera encontrado algún modo de sacarla físicamente del avión.

Todo había ocurrido durante una cena en el apartamento de la compañía. Había pensado que Jeremy y ella estarían solos, por lo que se sorprendió al ver que Nigel y Esme estaban allí también.

Durante la cena, la conversación se desarrolló con cordialidad. No obstante, después de que la señora Palmer, el ama de llaves, les sirviera el café y el coñac, Esme se inclinó hacia Maddie y le dijo:

–Creo, Madeleine, que si los hombres nos perdonan, no deberíamos aburrirlos con temas femeninos. Tenemos que hablar de tu vestido de boda urgentemente.

Asombrada, Maddie dejó la taza de café encima de la mesa.

–No es necesario.

–¿Cómo dices? –preguntó Esme muy sorprendida–. No te comprendo.

–He elegido mi vestido. Me lo está haciendo Janet Gladstone, la dueña de la tienda de vestidos de novia que hay en el pueblo. Debes de haberla visto.

–No recuerdo. De todas modas, te he concertado una cita con Nina FitzAlan dentro de tres días. Como clienta distinguida que soy –comentó una sonrisa complaciente–, ha accedido a dejarlo todo para proporcionarnos uno de sus exclusivos diseños, pero no podemos perder tiempo.

–Es muy amable de tu parte –replicó Maddie con voz tranquila–, pero me temo que no puedo aceptarlo, en especial porque mis tíos me van a pagar mi vestido y los de las damas de honor.

–Y, naturalmente, tú crees que una de las mejores diseñadoras de moda de Londres está fuera de su alcance, económicamente hablando. Está bien. No debes preocuparte por eso. Yo me ocuparé de la factura de Nina. No hay necesidad de que tus tíos se molesten.

–Claro que se molestarán. Y yo también. Mucho –respondió Maddie, ignorando las miradas que Jeremy le lanzaba desde el otro lado de la mesa–. Ya he elegido exactamente lo que quiero. Seda salvaje de color blanco bordada con flores plateadas. He ido a dos pruebas y va a ser muy bonito.

Esme lanzó la risita prepotente que Maddie tanto odiaba.

–No creo que lo hayas entendido, querida mía. Te vas a vestir para una ocasión muy importante. Un vestido hecho en un pueblo, por muy bonito que sea, no vale. Por lo tanto, tendremos la primera reunión con Nina el jueves a las diez y media, después de lo cual estarás disponible para las pruebas en su salón siempre que se te requiera. Y, dado que has mencionado a las damas de honor –añadió–, tal vez haya llegado el momento de decir que, a pesar de que admiro la lealtad que muestras para tus compañeras de piso Sally y... Tracey, ¿no?

–Trisha –la corrigió Maddie.

–Creo que te había dicho que a Nigel le gustaría que los hijos de sus ahijados sean los que te asistan.

Maddie apretó las manos sobre el regazo.

–Y yo creo que he dejado claro que bajo ninguna circunstancia voy a ir acompañada de niños al altar, en especial niños que no he visto nunca. Además, Sally y Trisha son compañeras mías de la universidad aparte de compañeras de piso, por lo que serán mis damas de honor. Y las únicas que me acompañarán. En cuanto a lo del vestido, como voy a estar en el extranjero, no voy a tener tiempo de ir a hacerme pruebas con la señorita FitzAlan, aunque quisiera hacerlo.

—A propósito —intervino Nigel Sylvester en un tono de voz que hizo que Maddie se sintiera como si estuviera encima de un trozo de hielo polar—, creo que ya va siendo hora de que reconozcas que tienes unas responsabilidades con mi hijo que superan tus obligaciones hacia ese trabajito tuyo y que entregues tu dimisión a tu empresa.

Maddie levantó la barbilla.

—Y usted ya debería saber que no tengo intención alguna de abandonar mi profesión.

—¿Profesión? —repitió él—. Creo, hija mía, que te estás engañando.

A continuación, empezó a hablar bastante cruelmente del trabajo que realizaba Maddie, de sus habilidades y de sus ambiciones, como si fueran algo ridículo y quitándoles importancia con velado desprecio, todo ello expresado con una fría sonrisa que le resultaba tan terrorífica como si él le estuviera aplicando una navaja contra la piel.

Mientras tanto, lo único que ella pudo hacer fue permanecer sentada, con la cabeza inclinada, en silencio, hasta que todo terminó.

—¿Cómo has podido? —le espetó a Jeremy cuando estuvieron a solas de vuelta en el apartamento que ella tenía—. Pensaba que ya habíamos hablado de esto. ¿Cómo has podido permanecer sentado dejando que tu padre me hablara y me tratara de esa manera?

–Ya te he dicho una y otra vez lo que él siente sobre las esposas trabajadoras –dijo Jeremy–. También he tratado de explicarte la importancia que mi padre le da a esta boda.

Maddie estaba a punto de seguir descargando su ira con él cuando se dio cuenta de lo entristecido que estaba Jeremy. Se recordó que nada de todo aquello era su culpa. Su padre llevaba toda la vida controlándolo.

–Cariño –dijo en tono más suave–. Esme y tu padre se han hecho cargo de la mayoría de las cosas que hay que organizar, pero no van a hacer lo mismo conmigo. Llevaré puesto el vestido que quiera y Sally y Trisha serán mi apoyo ese día. Nada de niños. Eso no es negociable.

–Además está lo de Italia –comentó él lentamente–. Si te suplicara que no fueras, ¿te lo pensarías?

–No quiero que supliques, tan solo que comprendas lo mucho que deseo investigar la historia de Floria Bartrando. Solo estaré fuera unos pocos días. No creo que sea un problema.

–Ya lo es. Mi padre está completamente indignado con el asunto, como si tuviera algo en contra de toda la nación italiana.

–Tu padre simplemente está en contra de no salirse con la suya constantemente –replicó Maddie–. No puedo ceder en esto, porque crearía un precedente inaceptable. Supongo que te darás cuenta. Podríamos fugarnos –añadió tras una pequeña pausa–. Casarnos en cualquier parte, con solo un par de desconocidos como testigos.

Jeremy la miró horrorizado.

–Supongo que no hablarás en serio.

En realidad, no había sido por completo una broma. Entonces, Maddie contuvo un suspiro y forzó una sonrisa.

–También podrías venir conmigo a Italia. Tomarte

unos cuantos de todos los días de vacaciones que te deben y venir conmigo a explorar las delicias de Liguria. Si te tuviera a ti como acompañante, tal vez tu padre se aplacaría un poco.

–No. No se aplacaría. Ahora, tengo que marcharme –dijo. Entonces, la tomó entre sus brazos y la estrechó con fuerza–. ¡Ay, Maddie! No me gusta cuando nos peleamos.

Maddie pensó en lo mucho que ella odiaba que se pelearan por culpa de otros. Entonces, le dio un beso y le deseó buenas noches.

Poco después comenzó a parecer que Nigel Sylvester iba a salirse con la suya después de todo. Todd, el jefe de Maddie en Athene, estuvo a punto de cancelar el proyecto.

–Tenemos que saber por qué una joven cantante con el mundo a sus pies decidió desaparecer durante treinta años. Se nos prometió una entrevista preliminar con Floria Bartrando en persona y ahora parece que nos están dando largas por un pequeño festival provincial de ópera. Y he pensado que no merece el gasto de un billete de avión, aunque tenga como patrocinador a un pez gordo de la zona.

–Tal vez vaya a volver a escena en ese festival –sugirió Maddie.

–Si ese es el caso, ¿por qué no lo dicen? Me preocupa que todo este asunto de la Bartrando solo sea un truco publicitario y que se te termine enseñando una lápida en un cementerio y que se te diga que el festival se celebra en su memoria.

–Estoy segura de que todo va a salir bien.

Unos pocos días más tarde, cuando Todd la llamó de nuevo a su despacho, se confirmó que ella tenía razón.

—Fui injusto con el patrocinador del festival —anunció mientras señalaba una carta que tenía sobre el escritorio—. Nos ha escrito en persona. Se llama conde Valieri y, aparentemente, es el enlace con la *signorina* Bartrando, por lo que tendrás que tratar con él. Hará que alguien te vaya a buscar al aeropuerto de Génova y te llevará al hotel Puccini en Trimontano, donde tendrá lugar el festival. Allí, él se pondrá en contacto contigo y te concertará una cita con la misteriosa cantante. Tal vez deberías llevarte un vestido elegante si te vas a codear con la aristocracia italiana —añadió con una sonrisa.

—Lo más probable es que me coloquen con una secretaria —replicó Maddie—. Sin embargo, sería mejor que averiguara un poco sobre él, para estar seguros.

—Yo ya he mirado en Internet y no hay mucho —dijo Todd frunciendo el ceño—. Solamente que la familia Valieri empezó el festival hace unos cincuenta años, por lo que probablemente será un hombre de cierta edad. No obstante, no hay foto. El dinero de su familia proviene principalmente del aceite de oliva y de la cerámica. Aparte de eso, nada.

—En ese caso, es una suerte que no estemos pensando en contar su historia. ¿Te dijo algo sobre la *signorina* Bartrando?

—Nada. Toma. Es mejor que lo tengas tú —comentó Todd mientras le entregaba una hoja de elegante papel color crema para que la leyera. El conde utilizaba tinta negra y su escritura era nerviosa e incisiva.

Tal y como era de esperar, Jeremy reaccionó mal al hecho de que el viaje fuera a realizarse finalmente. Desde aquel momento, había reinado una clarísima frialdad entre ellos. Maddie había esperado que él al menos fuera a despedirse al aeropuerto, pero no parecía estar por ninguna parte. De hecho, Jeremy ni siquiera había contestado los mensajes de despedida que ella le había enviado. Se sentía profundamente desilusionada.

El vuelo llegó a su fin cuando el capitán anunció que habían comenzado a prepararse para aterrizar en el aeropuerto de Cristoforo Columbo. Maddie contuvo el aliento al ver la belleza del paisaje que la esperaba. Las cumbres de los Apeninos, algunas aún coronadas por la nieve, marcaban el horizonte. Cuando llegara a Trimontano, estaría aún más cerca de ellas. Esperaba que aquel hermoso paisaje la ayudara a olvidarse del estrés al que había estado sometida últimamente.

Al salir por la puerta de *Llegadas,* un oficial de uniforme se acercó a ella.

–¿*Signorina* Lang? –le preguntó con una tranquilizadora sonrisa–. Se me ha pedido que la acompañe al coche del conde. Camillo, el chófer, no habla inglés.

–Es muy amable de su parte –dijo Maddie.

Decidió que el conde debía de ser alguien muy importante en la zona. Dejó que el oficial la condujera hasta lo que parecía una zona de aparcamiento privado dentro del aeropuerto. Allí, bajo el cálido sol de mayo, un hombre ataviado con el uniforme de chófer esperaba junto a una limusina. Cuando llegó junto al vehículo, el chófer le abrió la puerta.

El coche arrancó. Como Camillo no hablaba inglés, no pudo realizarle pregunta alguna ni sobre Trimontano ni sobre Floria Bartrando. Tomaron una concurrida autopista, pero, poco después, se desviaron a una carretera mucho más estrecha. De repente, el paisaje se hizo completamente campestre. Castaños, olvidos y pastos cubrían las laderas de las colinas. Ocasionalmente, un pequeño pueblo parecía aferrarse a las montañas.

Por desgracia, la luminosidad del día pareció ir desapareciendo. Las pesadas nubes se amasaban en torno a los picos de las montañas. Sería decepcionante que el tiempo se estropeara, pero, después de todo, se recordó, no estaba allí de vacaciones.

No había esperado que Trimontano fuera un lugar tan remoto, siendo el centro del festival anual de ópera. Los espectadores debían de ser verdaderos amantes de la música para realizar aquella clase de viaje.

¿Qué había poseído a Floria Bartrando para olvidarse del mundo y enterrarse entre aquellas montañas?

Unos minutos más tarde, llegaron a una bifurcación de la carretera. Camillo tomó el desvío de la derecha y comenzó a descender hacia un valle. De repente, apareció Trimontano. Parecía una ciudad de juguete acurrucada en la mano de un gigante de piedra. Maddie contempló los tejados rojos de las casas y vio cómo un alto campanario se erguía entre ellos. En ese mismo instante, como una voz de advertencia reverberando entre las montañas, sonaron los primeros truenos.

«Madre mía, menuda presentación. Menos mal que no soy supersticiosa o estaría pensando ahora que esto es un mal presagio».

Había empezado ya a llover cuando el coche se detuvo frente al enorme pórtico de entrada del hotel Puccini, que estaba situado en la plaza principal.

Un hombre uniformado con un paraguas salió a recibirla para ayudarla a llegar al hotel sin que se mojara. Mientras, Camillo la seguía con su única bolsa de viaje.

El vestíbulo era impresionante. Mármol, espejos y columnas doradas. Maddie se giró para mirar a Camillo y se dio cuenta de que el chófer ya se marchaba.

Se acercó a la recepción y comenzó con las formalidades del registro. Todo se solucionó rápidamente.

—Aquí tiene también esto, *signorina* —le dijo el encargado de la recepción. Junto a la llave de la habitación le entregó un sobre cerrado.

—¿Del conde Valieri?

–Naturalmente, y en su nombre le doy la bienvenida a Trimontano –dijo el recepcionista con una sonrisa–. Está usted en la habitación 205, *signorina*. Tiene el ascensor a sus espaldas y su equipaje esperándola en su habitación. Si necesita algo más, no dude en preguntar.

La habitación era más moderna de lo que había imaginado, con unos impresionantes muebles de madera clara acompañados de la cama más grande que había visto en su vida. El cuarto de baño también era maravilloso, alicatado de mármol y líneas doradas. Tenía una enorme bañera para dos ocupantes, una ducha también para dos y todas las comodidades necesarias.

Maddie lamentó encontrarse sola en un lugar tan bonito. Pero, aunque Jeremy estuviera tan lejos, podía hablar con él.

Regresó a la habitación y sacó el teléfono móvil. Entonces, descubrió que no tenía cobertura.

–Esperemos que sea por culpa del mal tiempo y no la norma en este lugar –musitó mientras llamaba a recepción para que le dieran línea al exterior.

Se llevó otra desilusión cuando, después de marcar, el contestador de Jeremy la informó de que él no estaba en su oficina.

Suspiró y colgó el teléfono sin dejar mensaje. Después de todo, no tenía nada que contarle sobre el viaje que él quisiera escuchar. Lo importante era escuchar su voz...

Recordó el sobre del conde y lo abrió.

–Si esto es para decirme que Floria Bartrando no quiere verme, sabré decididamente que no hay dos sin tres –dijo mientras desplegaba la única hoja de papel que contenía. En ese momento, otra hoja más pequeña de papel cayó al suelo.

Maddie lo recogió y descubrió que se trataba de una entrada para la ópera que había aquella noche en el Teatro Grande.

–El *Rigoletto* de Verdi –susurró llena de excitación–. La última aparición de Floria. Esto tiene que ser significativo.

La nota que acompañaba a la entrada iba escrita en la caligrafía que Maddie ya conocía. *Hasta luego. Valieri.*

«Ese conde es un hombre de pocas palabras», pensó. Decidió que no importaba. Le dio un beso a la entrada y soltó una carcajada. Aquello acababa de demostrar que a la tercera va la vencida. Iba por el camino correcto.

Capítulo 3

CUANDO el telón cayó en el segundo acto, Maddie se reclinó en su asiento con un suspiro. Se había olvidado de lo oscuro que era el argumento de *Rigoletto*, con sus maldiciones, venganzas, seducciones y traiciones, aunque no de la gloriosa música de Verdi.

El Teatro Grande no lo era tanto como su nombre sugería, aunque resultaba magnífico por la barroca decoración. Durante el primer intervalo, había estado absolutamente convencida de que alguien la observaba desde uno de los palcos. Los había examinado ansiosamente, con la esperanza de ver al conde o incluso a la mismísima Floria Bartrando.

Esperaba haber pasado la prueba si alguien, efectivamente, la había estado observando. Se había llevado su mejor vestido, negro y muy sencillo, de escote cuadrado y sin mangas. Se había dejado el cabello suelto, sujeto tan solo con unos pequeños pasadores de plata y, aparte de los pendientes que llevaba en las orejas, la única joya que portaba era el solitario de diamantes que Jeremy le había regalado por su compromiso.

Siguió al resto de los espectadores al bar y se llevó su café a una pequeña mesa que había en un rincón tranquilo. Al sentarse, notó el cuadro que colgaba de la pared, un gigantesco óleo con un pesado marco dorado. Presentaba un hombre sentado, de cabello blanco pero aún muy apuesto. Una pequeña placa decía *Cesare Valieri*.

«Así que este es mi anfitrión. ¿Y dónde está?».

Se inclinó hacia un camarero, que estaba limpiando una mesa cercana.

—¿El conde Valieri está aquí esta noche?

El camarero dudó y apartó la mirada.

—Vino, *signorina,* pero ya se ha marchado. Lo siento.

Maddie se dijo que no importaba, aunque sentía una gran desilusión. Terminarían por reunirse. Al menos, ya sabía lo que esperar. Decidió que seguramente no se había equivocado cuando pensó que alguien la estaba observando, pero le pareció raro que el conde no hubiera aprovechado la oportunidad para presentarse.

Se acomodó de nuevo en su asiento para el tercer acto y esperó a que la tragedia llegara a su culminación. Aunque conocía la historia, no pudo contener las lágrimas. El aplauso que resonó en la sala fue largo y generoso. Mientras los espectadores comenzaban a marcharse, se mantuvo en su asiento sin saber qué hacer.

Suponía que debería regresar a su hotel y esperar instrucciones. De hecho, esperaba que llegaran al día siguiente. Era muy tarde y, de repente, se sentía muy cansada. Se arrebujó en su *pashmina* y se dispuso a salir del teatro. Mientras caminaba por la calle, reconoció la limusina que la había recogido en el aeropuerto. El chófer estaba junto al vehículo y había abierto la puerta trasera. En aquella ocasión no se trataba de Camillo. Era un hombre más joven, más alto y más delgado. La amplia gorra de plato le impedía a Maddie ver su rostro.

—*Signorina* Lang, ¿le importaría venir conmigo, por favor?

Maddie dudó.

—¿Me va a llevar a ver al conde?

—Y no le gusta esperar.

Resultaba algo brusco para un simple empleado, pero al menos hablaba inglés. Maddie se metió en el coche. Esperó no quedarse dormida, aunque no logró contener un bostezo. Tenía que mantenerse completamente despierta y alerta. Aquella era una velada muy importante. Comprobó que llevaba la grabadora en el bolso y comenzó a ensayar mentalmente las preguntas que debía hacer, pero no hacía más que pensar en la música.

Tras beber un poco de agua de una botella que encontró en la nevera de la limusina, se reclinó en el asiento para relajarse. Decidió que sería mejor cerrar los ojos unos minutos para después sentirse más alerta.

Y dejó que una suave y acogedora nube de oscuridad la acogiera delicadamente...

Su primer pensamiento consciente fue el de que el coche había dejado de moverse. El siguiente, que ya no estaba sentada, sino tumbada como si estuviera en un sofá. O en una cama.

Con gran esfuerzo, abrió los pesados párpados y descubrió que, efectivamente, estaba en una cama.

«Ay, Dios, debo de haber caído enferma y estoy de vuelta en el hotel», pensó mientras se obligaba a incorporarse en la cama.

Entonces, con solo una mirada, se dio cuenta de que no estaba en su habitación. La cama en la que se encontraba era también grande y cómoda, pero mucho más antigua, con un elegante cabecero de madera y una suntuosa colcha de color granate.

Además, parecía haber puertas por todas partes, unas junto a las otras, en todas las paredes, pintadas en tonos verdes, azules y rosados, e intercaladas con ventanas cubiertas con contraventanas.

Decidió que aquello solo podía ser un extraño sueño. Ni siquiera llevaba su camisón blanco, sino una maravillosa prenda de seda de color zafiro, con estrechos tirantes y profundo escote. De hecho, fue el suave tacto de aquella tela lo que la convenció de que no estaba soñando.

Llegó a la conclusión de que se había puesto enferma en la limusina y la habían llevado a aquella estancia para que se recuperara. Aquella era la única explicación factible. No obstante, no recordaba haberse sentido indispuesta, sino presa de un terrible sopor...

Decidió que lo mejor sería que se vistiera, pero no sabía dónde estaba su ropa. Se preguntó también qué hora era... Fue entonces cuando, horrorizada, se dio cuenta de que ya no llevaba su reloj de pulsera. Más alarmada se sintió cuando vio que tampoco tenía su anillo de compromiso.

Se sentó en la cama, como movida por un resorte. De repente, se sentía completamente alerta. Se preguntó dónde estaba su bolso, su dinero, su pasaporte, su móvil... ¿Dónde estaban todas sus cosas?

En aquel instante, el hecho de que estuviera prácticamente desnuda en una casa desconocida adquirió un inquietante significado. Aunque seguramente había una explicación perfectamente inocente para todo aquello, el conde Valieri iba a tener que justificarse... cuando por fin se conocieran.

Instantes después, Maddie escuchó el tintineo de una llave y una sección de la pared opuesta se abrió, mostrando que se trataba efectivamente de una puerta. Sin embargo, no era el anciano del retrato el que entró en la estancia, sino un hombre más joven. Alto, delgado, de piel olivácea y que, en cierto modo, le resultaba familiar. ¿Cómo podía ser? Estaba segura de que jamás había visto aquel atractivo y masculino rostro, ni aquellos sorprendentes ojos castaños que la contemplaban en aquellos momentos con evidente desdén.

–Veo que por fin se ha despertado.

Reconoció aquella voz. Era la misma que, no demasiado cortésmente, le había ordenado entrar en el coche del conde. Sin embargo, en aquellos momentos, en vez de llevar un uniforme de chófer, vestía unos pantalones chinos y un polo negro. Aquel atuendo tan informal enfatizaba la anchura de sus hombros y las esbeltas caderas.

Su aspecto solo acrecentó la intranquilidad de Maddie. Se dio cuenta de lo mucho que revelaba aquel camisón color zafiro que llevaba puesto y se cubrió con la sábana, dispuesta también a ocultar su estado de ánimo.

—Evidentemente, usted es el chófer del conde —le espetó.

—Sí, *signorina*.

—El problema es que no recuerdo del todo lo que me ha ocurrido. ¿Acaso me puse enferma? ¿Cuánto tiempo he estado dormida?

—Unas doce horas.

—¿Doce horas? —repitió Maddie—. ¿Tanto? Eso es imposible.

—Se quedó dormida en el coche. Y estaba profundamente dormida cuando llegamos.

—Entonces, ¿cómo he llegado hasta esta habitación? ¿Y cómo estoy así?

—Yo la traje hasta aquí. Y siguió dormida entre mis brazos mientras lo hacía.

Maddie tragó saliva al darse cuenta de lo que él sugería.

—No le creo. Debía de haber algo en el agua que tomé en la limusina. Me ha drogado.

—Ahora se está comportando de un modo absurdo.

—Puede ser, pero no comprendo por qué no me llevó de vuelta a mi hotel.

—Porque el conde deseaba que la trajera aquí.

—Bueno, es muy amable de su parte, supongo, pero

preferiría regresar a mi hotel. Tal vez usted pueda darle las gracias al conde y decirle que me gustaría marcharme.

–Eso no va a ser posible. Usted no va a ir a ninguna parte, *signorina*. Se quedará aquí hasta que se hayan acordado con su familia en Gran Bretaña las condiciones de su liberación.

Se produjo un tenso silencio.

–¿Acaso me está usted diciendo que me han secuestrado?

–Sí. Lamento la necesidad.

–Le aseguro que se va a lamentar y mucho –le espetó ella con voz temblorosa–, cuando se encuentre en los tribunales. No crea que el hecho de que se declare loco lo va a librar de nada.

–Nunca pensaría declararme así si fuera a haber un juicio, algo que le garantizo que no va a ocurrir. Y le aseguro que estoy completamente cuerdo.

–En ese caso, puede usted demostrarlo devolviéndome mis pertenencias y haciendo que el otro chófer, Camillo, me lleve a Trimontano. Inmediatamente.

–Eso no va a ocurrir. Su equipaje ya se ha recogido del hotel para traerse aquí.

–¿Y quién ha decidido esto? –preguntó Maddie a duras penas.

–Yo.

–Vine a Italia para entrevistar a Floria Bartrando. Supongo que no habrá oído hablar de ella...

–El nombre me resulta familiar.

–Su jefe, el conde Valieri, iba a actuar como intermediario y comprendo que hubiera cierta necesidad de secretismo en todo el proyecto, pero esto es un secuestro. Es una locura. Y va a terminar ahora mismo. ¡La entrevista con Bartrando acaba de ser cancelada y me voy a marchar de aquí en cuanto recupere mis cosas!

–Y yo le digo que se va a quedar como está y dónde está. Hasta que yo decida lo contrario...

El hombre se acercó a la cama. A pesar de su resolución de no demostrar miedo, Maddie se acurrucó contra las almohadas.

–¡No se acerque a mí! ¡No se atreva a tocarme!

Él se detuvo y torció la boca con desprecio.

–Usted se hace ilusiones, *signorina*. Permítame que le asegure que su cuerpo no tiene interés alguno para mí, a excepción de ser algo que puedo intercambiar cuando mis negociaciones con su familia lleguen a su fin.

Maddie se quedó en silencio. Los más diversos pensamientos se le pasaban por la cabeza. Cuando finalmente consiguió hablar, lo hizo muy lentamente.

–¿Habla... habla en serio cuando dice que va a pedir un rescate por mí? ¿De verdad soy su rehén?

–Es un término algo brusco. Digamos que usted permanecerá aquí como mi invitada hasta que la transacción llegue a su fin.

–En ese caso, estaré aquí durante mucho tiempo. ¡Dios mío! ¡Ahora sé que está usted loco de verdad! Mi familia no tiene dinero. Mi tío es el director de un colegio y mi tía ayuda en una guardería. Por lo tanto, no le podrían pagar a usted ni en cien años.

–No pienso en ellos sino en la familia del hombre con el que está usted a punto de casarse... Ellos sí son ricos. Y les costará mucho recuperarla a usted sana y salva.

Maddie miró fijamente el frío rostro de su secuestrador con incredulidad.

–No creo que esté hablando en serio.

–¿Acaso no se lo he dejado ya bastante claro?

–No creo que haya pensado en las consecuencias

–insistió ella–. Cuando lo detengan, se pasará años en la cárcel. Desperdiciará su vida.

Vio que la boca de su secuestrador se endurecía y que los ojos se le llenaban de una profunda tristeza.

–En ese caso, *signorina*, no sería el primero. Sin embargo, habla usted en vano porque jamás se presentarán cargos contra mí.

–¿Y el conde? Él es un hombre respetado. Un hombre de negocios. Un mecenas de las artes. No puede decirme que él sabe lo que usted está haciendo.

–Se equivoca. Lo sabe todo.

–¿Y lo acepta? No... Eso no me lo puedo creer...

–En ese caso, pregúnteselo durante la cena esta noche. Estoy aquí para invitarla a usted a que cene con él.

–En ese caso, los dos se pueden ir al infierno. ¿De verdad cree que me sentaría a cenar con un hombre que me trata de este modo? Prefiero morirme de hambre.

–Como usted quiera –replicó él con indiferencia–. Si su futuro esposo responde rápidamente a mis demandas, no debería tener que pasar muchos días de hambre. Hay una campana al lado de su cama. Hágala sonar y vendrá una doncella para traerle cualquier cosa que desee.

–Lo único que quiero es marcharme de aquí.

–Me temo que eso es lo único que no podrá proporcionarle. Es leal al conde, como el resto de los empleados. Por lo tanto, ni se moleste en preguntárselo.

–No estoy en situación de pedirle nada a nadie, como tampoco estoy vestida para cenar aunque sea con un secuestrador de geriátrico. ¿Me devolverán mi ropa?

–Se le proporcionará una vestimenta adecuada –replicó él–. Tendrá que contentarse con eso.

Con eso, se dio la vuelta y abrió una puerta azul que volvió a formar parte de la pared en cuanto él la cerró.

Maddie permaneció observándola un tiempo mientras contaba lentamente hasta cincuenta. Quería asegurarse de que aquel hombre se había marchado antes de levantarse de la cama. Se acercó hasta la puerta y probó el pomo, pero estaba cerrada con llave, tal y como ella se había imaginado.

Sin embargo, aquella no podía ser la única puerta de verdad en la habitación. Encontraría las demás.

Las primera que encontró daba acceso a un enorme vestidor. Buscó en los cajones y en los armarios, pero no encontró nada más que una bata a juego con el camisón que llevaba puesto y un par de zapatillas de terciopelo del mismo color.

Volvió a cerrar la puerta y regresó a la habitación. Tras otra puerta, encontró el cuarto de baño. Resultaba muy tenebroso por el mármol verde oscuro que cubría las paredes. La ducha y la bañera eran de estilo antiguo. Sin embargo, el agua estaba muy caliente y todo funcionaba a la perfección. Había muchas toallas y una selección básica de productos de aseo, ninguno de los cuales le pertenecían.

También había un enorme espejo en una de las paredes. Allí permaneció unos instantes observando su reflejo.

«Su cuerpo no tiene interés alguno para mí». De todas las cosas que él le había dicho, ¿por qué diablos debería recordar aquellas en particular? No lo entendía.

Al mismo tiempo, se dio cuenta de cómo el cuerpo del camisón le ceñía suavemente los senos y el modo en el que la suave tela se movía con cada uno de sus movimientos. Era de la talla y la longitud perfecta para ella.

Decidió dejar a un lado esos pensamientos. Tenía asuntos más importantes de los que ocuparse. Su prioridad era salir de aquella extraña y peligrosa situación y, de algún modo, llegar a Génova. Sabía ya cuáles eran las puertas verdaderas y cuáles las falsas y aceptó que allí no tenía oportunidad alguna de escapar. Probó suerte con las ventanas. Las primeras contraventanas se abrieron para dar paso a unos gloriosos paisajes pintados al óleo, que representaban perfectamente la Italia que ella había esperado encontrar.

Con tristeza, se dirigió hacia las siguientes ventanas y contuvo el aliento cuando abrió las contraventanas. Había montañas hasta donde la vista alcanzaba, rodeándola como una jaula de piedra. A pesar del sol, de repente sintió mucho frío.

Dejó las contraventanas abiertas y volvió a tumbarse en la cama. Allí comenzó a evaluar seriamente la delicada situación en la que se encontraba. Su única esperanza parecía estar en el conde Valieri, quien ciertamente no podía saber que se estaba cometiendo un delito en su nombre, a menos que el hombre más joven tuviera algún poder sobre él y lo estuviera obligando a hacerlo.

Si aquel era el caso, tal vez podrían aliarse para salir de aquella situación antes de que todo llegara demasiado lejos. Podría ser que el conde fuera más débil y anciano de lo que sugería el retrato que había visto en el teatro.

Decidió que no podía ser así. Su escritura sugería una personalidad fuerte y decidida, por lo que tal vez estuviera actuando de aquella manera por alguna razón. Si ese era el caso, ella haría que cambiara de opinión. Le diría francamente que Nigel Sylvester también era un hombre fuerte y decidido, alguien a quien no le gustaría tener como enemigo. También podría advertir al conde de que ella no era una de las personas favoritas del conde y podría ser que, si dependiera de él, se negara a pagar el rescate para recuperarla.

«Al menos, debo decirle que, si esta locura continúa,

tendrá entre manos una lucha que no podrá ganar. Y puede que yo termine entre medias de ambos. ¿Y qué me ocurrirá entonces?», pensó, mientras sentía cómo se le hacía un nudo en la garganta.

Capítulo 4

MADDIE pareció perder toda noción del tiempo. Tal vez aquello era algo que sus captores habían buscado deliberadamente.

Por supuesto, al final terminó por tocar la campana. Le resultaba imposible ignorar por más tiempo el hambre que sentía. Además, decidió que tenía que mantener las fuerzas.

Una doncella apareció rápidamente, con una pequeña mesa que colocó junto a la cama. A continuación, entró otra muchacha con un delantal almidonado y el cabello cubierto por una cofia, que llevaba una bandeja cargada. Después de cumplir con su cometido, le sonrieron y, tras desearle *Buon appettito,* se marcharon. No tardó en escucharse cómo echaban la llave.

Con un suspiro, investigó la bandeja y encontró una sopa de verduras, caliente y aromática, una servilleta de lino que contenía unos panecillos recién hechos, un plato de fiambre, y un delicioso postre que parecía estar compuesto de trufas de chocolate. También había una pequeña jarra de vino tinto, una botella de agua mineral y una cafetera de delicioso café negro.

Cuando la doncella regresó a por la bandeja, le llevó una hermosa lámpara de cristal que colocó sobre la mesa. Sin embargo, cuando Maddie le preguntó si le podía llevar un libro, la muchacha respondió:

—*Non capisco.*

Con eso, se marchó. Maddie no tenía nada que hacer

más que pensar y ver cómo la luz del sol empezaba a hacerse cada vez más tenue. Se dio un baño para romper la monotonía, pero el agua caliente no logró tranquilizarla.

La siguiente vez que la puerta se abrió, ya era noche cerrada y ella había encendido la lámpara. Se incorporó nerviosamente en la cama, deseando que llevara puesto algo más que una toalla. No se trataba de su secuestrador, sino de otra doncella, que le llevó su cepillo y su bolsa de aseo.

Nada más.

La mujer se dirigió con gesto adusto al cuarto de baño y salió un instante más tarde. La miró con desaprobación mientras sacudía el camisón que ella había dejado sobre el suelo después del baño. Se lo colocó cuidadosamente encima de la cama y fue a por la bata a juego.

–Le ruego que se vista, *signorina* –le dijo. Hablaba con un fuerte acento, pero al menos había comunicación.

–Lo haría encantada si tuviera mi ropa.

–Esta es su ropa –replicó la mujer señalando el camisón y la bata–. Es hora de cenar, así que le ruego que se dé prisa.

–Por supuesto, el conde no quiere que lo hagan esperar. Casi se me había olvidado –repuso Maddie con un tono sarcástico–. Tal vez le causaría menos inconvenientes si dejara que cenara en solitario.

–*E impossibile*. Quiere que cene con él. Es mejor no hacer que se enfade, *signorina*.

–¿Quiere decir que podría enviar a su matón a buscarme? –le preguntó Maddie. Vio el sorprendido rostro de la mujer–. No importa.

Mientras se marchaba al cuarto de baño para cambiarse, recordó que necesitaba hacer que cambiara de opinión, no provocar su ira. Haría lo que se le había ordenado. Al menos al principio.

Cuando se puso la bata, descubrió que tenía un corte muy sobrio, con amplias solapas y un largo que dejaba muy poco al descubierto. Cuando se ató el cinturón dos veces alrededor de su estrecha cintura, se sintió mucho mejor. Decidió no maquillarse y se cepilló el cabello, dejándolo suelto sobre los hombros. Se dio cuenta de que estaba muy pálida. Esperó que el conde la viera así como una víctima y se apiadara de ella.

–No lo creo –musitó para sí mientras regresaba a la habitación. Allí, la doncella la estaba esperando con evidente impaciencia.

–*Fa presto, signorina* –le dijo mientras le indicaba la puerta.

Maddie vio que la mujer llevaba un manojo de llaves atado al cinturón, que quedaba medio oculto por el delantal. Consideró las posibilidades que tenía de quitárselas y salir corriendo y decidió que no muchas. Aunque consiguiera sorprenderla, la corpulencia de su adversaria la inmovilizaría. Además, no sabía qué había al otro lado de la puerta.

Decidió que era mejor ser paciente.

–¿Cómo se llama? –le preguntó.

–Domenica, *signorina* –respondió la mujer con brusquedad–. *Andiamo*.

Maddie salió a un largo pasillo que tenía un pequeño tramo de escaleras a un lado y un arco tapado por unas cortinas un poco más allá.

Domenica andaba con rapidez, tanta que Maddie casi no podía seguirle el paso. Al llegar al arco, la mujer se detuvo y retiró la cortina para que Maddie pudiera pasar delante de ella.

Maddie se encontró en una especie de galería, desde

la que se divisaba una sala enorme, con las paredes cubiertas de madera, a la que se accedía por una imponente escalera.

En el centro, había una enorme mesa, rodeada de sillas de respaldo alto. Un poco más allá, unos sofás se alineaban frente a una chimenea de piedra, en la que ardían unos enormes leños. En un rincón de la estancia, había un piano de cola, lo que parecía indicar que el hombre no solo era aficionado a la música y a la ópera, sino que también tocaba.

No obstante, la sala estaba vacía. Maddie se volvió a mirar a Domenica, quien le señaló las escaleras y se marchó por donde habían salido hasta el rellano.

Si su anfitrión era un hombre tan puntual, ¿por qué no estaba ya esperándola? Descendió la escalera y aprovechó aquel instante para inspeccionar más detenidamente la impresionante sala.

No tardó mucho en darse cuenta de que, una vez más, la decoración resultaba engañosa. No había madera en las paredes, sino que se trataba de una espléndida pintura, maravillosamente aplicada.

Atravesó la sala y, entonces, se fijó en el enorme retrato que colgaba sobre la chimenea. Parecía ser uno de los perros favoritos del conde, un pastor alemán inmortalizado en aquel cuadro. Entonces, se dio cuenta de que la forma de la cabeza y los colores del pelaje no tenían nada que ver con un perro. Aquella criatura no era la amada mascota de una persona, ni tampoco se utilizaría para guardar el ganado.

«Dios mío», pensó con incredulidad mientras observaba el cuadro.

—Es un lobo.

No se dio cuenta de que había hablado en voz alta hasta que una voz que ya conocía dijo suavemente:

–Sí, *signorina*. Tiene razón. Permítame que le dé la bienvenida, aunque con algo de retraso, a Casa Lupo. La Casa del Lobo.

Maddie se dio la vuelta sobresaltada.

–¿Qué está usted haciendo aquí? –preguntó al reconocer al chófer.

–Bueno, tengo la intención de cenar. ¿Qué si no?

–¿Cena el conde habitualmente con sus empleados? –replicó ella levantando la barbilla.

–Si lo desea, ¿por qué no?

–¿Acaso no le parece perfectamente evidente? Porque había esperado que no tendría que volver a verlo.

–En ese caso –comentó él encogiéndose de hombros con indiferencia–, esperemos que esa sea la peor desilusión que tenga que sufrir.

–El conde vendrá a cenar, ¿verdad?

–Tal vez más tarde, si así lo desea. ¿Es importante?

–¡Por supuesto que lo es! Tengo que hablar con él, persuadirlo para que razone.

–Es una pérdida de tiempo. Sus opiniones no afectarán en modo alguno los planes que él tenga.

–Eso es lo que dice usted. ¿Cómo sé yo que él no es otra de sus víctimas y que también está encerrado para que usted pida un rescate en alguna parte?

–Tiene la imaginación desbocada *signorina*. El conde Valieri es un hombre libre que realiza sus propios asuntos a su antojo. Por lo tanto, le sugiero que se relaje y que confíe en que la familia de su *fidanzato* actúe rápidamente para hacer efectiva su liberación.

–¿Y si no lo hacen?

–En ese caso, desgraciadamente, la presión se hará mayor... Esperemos que no haya que llegar a eso.

Se escuchó que alguien llamaba a una puerta en la parte posterior de la sala. La doncella de la sonrisa entró con un carrito en el que llevaba copas y botellas.

–¿Por qué no se relaja y se toma conmigo un aperitivo?

–Gracias, pero no. No he venido a socializar.

–Según creo, le gusta el vino blanco con soda –prosiguió él como si Maddie no hubiera hablado.

¿Cómo sabía él aquella información tan personal? Maddie sintió que el corazón le daba un vuelco.

En voz alta, dijo:

–No es solo su alcohol lo que encuentro inaceptable, también su compañía. No tengo deseo alguno de pasar más tiempo con el matón a sueldo del conde. Yo habría imaginado que él me habría ahorrado ese mal trago.

–Suele dejarme a mí esas decisiones.

–Un grave error por su parte, pero no tiene por qué ser la mía. Por lo tanto, me gustaría regresar a mi habitación ahora mismo.

–Permanecerá aquí. De hecho, insisto en ello.

Él se volvió hacia la doncella y le dijo algo en italiano. Unos pocos instantes después, la muchacha le puso el *spritzer* en la mano. Maddie hubiera querido arrojárselo a la cara y ver cómo aquel rostro impasible se transformaba en algo relativamente humano. Se limitó a apretar los dientes y a decir:

–*Grazie.*

–*Prego* –respondió la muchacha con una radiante sonrisa en los labios mientras le servía a él una abundante medida de whisky y se lo entregaba. A continuación, comenzó a empujar el carro y salió de la sala.

Una vez más, volvieron a quedarse solos. Se produjo un tenso silencio. Entonces, él levantó su copa y dijo:

–*Salute.*

Maddie guardó silencio. Luego, respondió de tan mala gana que el hombre esbozó una sonrisa.

–Déjeme adivinar –comentó él–. En vez de beber a mi salud, usted preferiría verme muerto a sus pies.

–¿Por qué negarlo? ¿Puedo hacerle una pregunta?

–Tal vez, a menos que sea para volver a insistir en ver al conde. Estoy empezando a encontrar bastante aburrida su insistencia. ¿Qué es lo que desea saber?

–Me gustaría saber dónde están todas mis cosas, en especial mi anillo de compromiso y mi reloj. Estoy segura de que se me podrían devolver. Yo... los echo de menos.

–Y me temo que así debe seguir siendo. Junto con ciertos documentos, van de camino a Londres como prueba de que usted está en nuestro poder.

–¿Cómo puede hacer esto? –preguntó ella con voz temblorosa–. Jeremy se sentirá destrozado... asustado y lleno de preocupación.

–Mejor aún para que los Sylvester respondan y accedan rápidamente a nuestras exigencias. Si lo hacen, su diamante estará brillando de nuevo en su mano muy pronto. En cuanto al reloj, verá que las horas pasan de la misma manera sin que usted sepa exactamente la hora que es. Tal vez incluso más rápido.

–Estoy segura de que no habrá mandado también mi ropa a Londres, y la quiero. No puede esperar que vaya vestida así día tras día y las veinticuatro horas. Resulta... degradante.

–¿Degradante? No creo que sepa el significado de la palabra. Sin embargo, se le devolverá su ropa cuando a mí me parezca que ya no siente la tentación de escapar. Entonces, y solo entonces. Además, lo que lleva puesto la cubre desde la garganta hasta los dedos de los pies, a diferencia del vestido que llevó a la ópera ayer, si me permite que se lo diga.

–Sí. Mi vestido y el resto de mis cosas –insistió ella. Entonces, respiró profundamente–. Usted me llevó a la habitación, pero me gustaría saber quién me desnudó.

–Fue Domenica.

–Supongo que, al menos por eso, debo estar agradecida.

–Y por mucho más, esperemos. Verá que el conde tiene a una excelente cocinera.

Maddie comenzó a caminar por la sala y se detuvo a mirar una jaula pintada con su silencioso habitante.

–¿Por qué en esta casa nada es como parece?

–Es un estilo de decoración que gusta mucho en esta parte del mundo. Se acostumbrará a ello.

–Confío en estar muy lejos de aquí antes de que eso pueda ocurrir –replicó. Tomó un sorbo de su copa y se acercó al piano–. Al menos, esto es real. ¿Toca el piano el conde?

–Tomó clases en su infancia, pero él le diría que no es ningún virtuoso y que solo toca para divertirse. ¿Por qué lo pregunta?

Maddie se dio la vuelta y lo miró con gesto desafiante.

–Porque me sorprende que un hombre que afirma ser culto pueda comportarse de este modo tan bárbaro.

–Eso depende de cómo defina usted la barbarie. Tal vez haya oído que «el fin justifica los medios».

–¿Sí? ¿Y qué posible justificación puede haber para secuestrar a una completa desconocida?

–Usted dista mucho de serlo. Se saben muchas cosas sobre usted. Su edad, su trabajo, sus relaciones, la talla de la ropa que se pone... incluso lo que prefiere beber. Además, está el tema de la venganza. Sencillamente, usted tiene la mala suerte de ser el instrumento por el que se puede conseguir esto.

–¿Y eso le da derecho para mantenerme prisionera? No lo creo.

–Simplemente se le están causando unos inconvenientes muy pequeños, *signorina* –replicó él con voz firme–. Créame si le digo que encontraría el verdadero cautiverio mucho peor que esto.

–Algo que su jefe y usted no tardarán en experimentar de primera mano. Descubrirá que, desgraciadamente para ustedes, el señor Sylvester es un hombre muy rencoroso.

–También lo es el conde Valieri, algo que ha tenido que esperar mucho tiempo para poder demostrar. Maddalena –añadió, en voz más baja.

–Ese no es mi nombre.

–Tal vez no en su idioma, pero sí en el mío.

–Bueno, yo no le he dado permiso para utilizar ninguna de las dos versiones.

–*Che peccato* –replicó él tomando un sorbo de whisky–. Sin embargo, usted, naturalmente, tiene entera libertad para llamarme Andrea, si así lo desea.

Ella levantó la barbilla con gesto desafiante.

–Aquí tengo un dicho muy conocido dedicado especialmente para usted. «Ni en sueños».

Él sonrió.

–Creo que mis sueños ya son lo bastante estimulantes, pero tendré en cuenta su sugerencia. Ahora, tal vez, quiera sentarse conmigo a comer. La cena está servida.

En otra situación, ella habría renunciado, pero en la que se encontraba, se comió todo lo que le pusieron delante. La cena fue abundante y deliciosa, por lo que no se podía negar que su secuestrador era un gran anfitrión.

–¿Cuándo espera el conde que le respondan desde Londres?

–Ha recibido una respuesta hoy, pero simplemente para decir que los papeles y las pruebas de que usted es su invitada han llegado a su destino. Ahora, la pelota está en el tejado de su *fidanzato* y del padre de este.

–En ese caso, podría marcharme de aquí en cuarenta y ocho horas.

–Es posible.

–Dios mío –susurró Maddie. Entonces, lanzó una fuerte carcajada–. Eso significa que estaré libre... y que su jefe y usted serán arrestados. Porque el primer sitio al que pienso ir es la comisaría más cercana.

–Para entonces, podría ser que su actitud hubiera cambiado.

–De eso nada, *signore* –le espetó. Entonces, se le ocurrió que podría poner a prueba la lealtad de aquel hombre hacia el conde Valieri–. A menos, por supuesto, que usted esté dispuesto a colaborar y llegar a un acuerdo.

–¿Qué es exactamente lo que me está sugiriendo?

Maddie sintió esperanza. Al menos, no descartaba aquella opción de pleno.

–Que si me suelta mañana por la mañana y me lleva a Génova, no diré nada sobre esto. Ni intervendrá la policía ni presentaré cargos. No habrá cárcel. Mi silencio a cambio de mi libertad. ¿Qué le parece?

–Me parece... que no es un acuerdo demasiado bueno –replicó él mirándola muy lentamente. Los ojos se le detuvieron un instante sobre la boca de Maddie, luego sobre el ligero abultamiento de los senos bajo las solapas de la bata. Su insolente sonrisa le puso a ella el vello de punta–. ¿No tiene nada más que ofrecer?

De repente, a Madeleine le costó mucho respirar. Resultaba inútil fingir que no entendía lo que se sugería.

–Yo... yo creía que usted había dicho que yo no le atraía.

–Bueno, estamos en un lugar muy aislado. La elección que tengo en esos asuntos es, obligatoriamente, limitada. Por lo tanto, estoy abierto a todo lo que se me ofrezca.

–Yo no estoy ofreciendo nada de lo que está sugiriendo –puntualizó ella–. Le desprecio a usted y espero que se pudra para siempre en la cárcel, canalla. Les contaré a las autoridades todo sobre este lugar, sobre la Casa del Lobo y sobre los lobos que viven en ella. Esta historia aparecerá en la primera página de los periódicos de todo el mundo.

—Me temo que descubrirá que el resultado es completamente diferente.

—Usted es el que debería estar asustado –repuso. Se puso en pie temblando de la cabeza a los pies–. El día que el conde Valieri decidió enfrentarse a Nigel Sylvester fue un mal día para él. Se arrepentirá de haber nacido por haberme secuestrado. Se lo juro.

Se produjo un tenso silencio. Las miradas de ambos se cruzaron. Ira. Desafío. Y algo mucho más difícil de definir.

Finalmente, él volvió a tomar la palabra.

—Por una vez, Maddalena, sospecho que podrías tener razón. Ahora, vete a la cama antes de que sienta la tentación de reconsiderar tu oferta. Y no me preguntes lo que quiero decir porque eso es algo que los dos sabemos. Ahora, no sigas alterándome con más jueguecitos. Simplemente, vete.

Maddie obedeció. Se dirigió a la escalera con toda la dignidad que pudo reunir. Al llegar a la galería, se alegró de encontrarse con Domenica, que la estaba esperando, y sobre todo, que su extraña celda tuviera una puerta que ella pudiera cerrar con llave.

Capítulo 5

«H OY», pensó Maddie mientras miraba ansiosamente por la ventana. Estaba segura de que aquel sería el día. Tenía que serlo.

Debería haber sido el día anterior. O el día de antes. O dos días atrás. De hecho, había estado tan segura de que sería así que no había hecho más que despertarse toda la noche, imaginándose que escuchaba la voz de Jeremy. Sin embargo, o era un sueño o la representación de sus deseos.

Fuera como fuera, no tardaría en ser libre, aunque fuera unos días más tarde lo que había esperado.

Suspiró y se apartó de la ventana. La vista de las montañas ya no le resultaba tranquilizadora. La segunda ventana que había descubierto, que estaba en la pared opuesta, daba a un pequeño patio, que aparentemente nadie usaba.

Lo que había podido ver de la casa le decía que era grande, pero no le daba la posibilidad de saber su distribución ni de cuántas personas vivían en ella, aparte del conde y del carcelero que tenía para vigilarla.

«Andrea», pensó. Un depredador tan misterioso y peligroso como el lobo que daba nombre a la casa. Un enemigo y un enigma, casi tanto como la razón que la había llevado hasta allí.

Se tumbó sobre la cama y se estiró, colocando los pliegues del camisón y de la bata a su alrededor. Eran de un maravilloso tono amatista, mientras que el conjunto del día anterior había sido de color rubí. En diferentes circunstancias, se habría sentido encantada con aquellas prendas. No dejaba de preguntarse lo que Jeremy diría si la viera así.

Cruzó los dedos y esperó no poder comprobar el color que la esperaba para el día siguiente.

El conde, que había pagado toda aquella carísima lencería, no se la había visto puesta. Maddie había llegado a la conclusión de que nunca lo veía. De hecho, había dejado de preguntar por él. Evidentemente, resultaba una pérdida de tiempo y de energía.

Decidió que, probablemente, se avergonzaba de verse cara a cara. Por eso, había delegado todo lo referente a ella en su subordinado. En realidad, no era que él le hubiera hecho tampoco mucha compañía, a excepción de la hora de cenar. Y, afortunadamente, en esos momentos ya no estaba sola con él.

Un mayordomo, ataviado con un elegante traje oscuro, llamado Eustacio, les servía en la mesa con la ayuda de Luisa, la criada sonriente.

Las cenas tenían lugar en un silencio casi absoluto. Maddie no preguntaba si había noticias de Londres, porque pensaba que parecer ansiosa le daba a su carcelero una victoria.

Por el contrario, su celda había ido mejorando con el paso de los días. Le habían puesto una bonita silla de brocado para que pudiera sentarse junto a la ventana y le habían llevado una mesa más grande para que pudiera desayunar y, normalmente, almorzar. Además, la segunda noche, se había tragado su orgullo y había pedido si, al menos, podría tener un libro.

—No querría estropear sus negociaciones muriéndome de aburrimiento.

Su carcelero le había dedicado una pétrea mirada y había inclinado la cabeza. El libro en cuestión estaba en la mesilla de noche cuando fue a su dormitorio.

Días después, cuando ella se estaba levantando de la mesa y deseándole buenas noches, él la había sorprendido con estas palabras:

–Puedes tomar más libros prestados de la biblioteca del conde, si así lo deseas. Domenica te llevará allí para que puedas elegir.

–Oh –respondió Maddie, muy sorprendida–. Gracias... pero, ¿no podría acompañarme otra persona?

–¿Por qué?

–No la encuentro especialmente simpática...

–No veo por qué eso es necesario. Lo que importa es que su familia lleva años sirviendo fielmente a la familia Valieri. Te recuerdo esto por si estás pensando en considerar ofrecerle otro trato.

Después de aquella conversación, Maddie se marchó furiosa a su habitación. Allí, se preguntó por qué el conde había decidido concederle aquello. Tal vez esperaba que ella se mostrara magnánima con él en el futuro. Si esa era la razón, se sentiría muy decepcionado. Nunca habría imaginado que era tan vengativa.

Abandonó sus pensamientos al escuchar el sonido de voces en el exterior y el golpeteo de las llaves en la puerta, que se abrió, dando paso a Domenica. Iba acompañada por la muchacha que recogía la bandeja del almuerzo, y parecía muy enojada.

Por el breve intercambio que se produjo entre ellas, Maddie dedujo que había sido el desaliñado aspecto de la muchacha lo que había provocado la desaprobación de Domenica.

Cuando la muchacha hubo recogido la bandeja, Domenica se volvió a Maddie.

–¿Desea ir a por libros, *signorina*? –le preguntó sin entusiasmo–. *Andiamo*.

Las tres salieron de la habitación. A mitad del pasillo, Domenica se detuvo y señaló una puerta mientras le daba a la muchacha una orden muy brusca.

Cuando la puerta se abrió, Maddie vio por encima del hombro de Domenica que se trataba de una especie de almacén para la ropa blanca de la casa, pero también había una parte dedicada a los uniformes de los empleados. Fingió que aquello no le interesaba. Aquellas prendas podrían ofrecerle un perfecto disfraz y estaban a pocos metros de distancia de su habitación. Ojalá lo hubiera sabido antes... Sin embargo, ¿qué podría haber hecho? ¿Romper la cerradura de su puerta para poder apoderarse de algo que ponerse?

Ya no importaba. No tardaría en marcharse de allí.

Oyó que la puerta del almacén volvía a cerrarse. Cuando la muchacha hubo desaparecido, dijo:

–¿No ha sido demasiado dura con ella?

–Ella es *sciatta*. Desaliñada. Su Excelencia se enfadará mucho al ver que la atiende a usted de esa manera.

–No ha visto nada...

Domenica frunció los labios.

–Su Excelencia lo ve todo –replicó en tono concluyente, sin darle posibilidad de contestar.

Tras recorrer la casa, casi como si se tratara de un laberinto, pasaron por delante de la cocina y llegaron a un pasillo mucho más amplio. A mitad de camino, Domenica se detuvo y llamó a una puerta doble.

Una voz masculina dijo:

–*Entrare*.

Domenica abrió una de las puertas y se hizo a un lado para permitir que Maddie la precediera. La sala era grande y cuadrada. Todas las paredes estaban cubiertas de estanterías, tal y como se esperaba de una biblioteca.

La voz le había advertido de quién la estaba esperando. Ataviado con pantalones y camisa vaqueros, Andrea estaba sentado tras un enorme escritorio, con la cabeza inclinada sobre la carta que estaba escribiendo. Su mano se movía enérgica y nerviosamente sobre el papel.

Papel crema. Tinta negra. Ambos objetos le resultaban terriblemente familiares, al igual que la caligrafía...

Maddie contuvo la respiración. Se lo tendría que haber imaginado. Nada era lo que parecía en la Casa del Lobo. Nada... ni nadie.

Sin levantar la mirada, él dijo:

—Siéntate.

—¿No debería permanecer de pie, *Su Excelencia*? —replicó ella amargamente.

—Deduje que debiste de ver el retrato del anterior conde en la ópera. La tentación de ocultar mi identidad me resultó irresistible.

—Sí... Esto es lo que ocurre en esta casa. Engaño y fingimiento. ¿Por qué limitarse a unas paredes pintadas?

—Si deseas considerarlo así... Sin embargo, tenía otras razones. Se puede decir mucho sobre alguien por el modo en el que trata a los que, supuestamente, son inferiores a él.

—Yo no le consideraba a usted inferior —replicó ella fríamente—. Simplemente un delincuente y un chantajista. Aún sigo pensando lo mismo.

—Una pena... Cuando parece que estamos destinados a disfrutar de nuestra mutua compañía durante un tiempo.

—¿Quiere decir que aún no me voy a marchar de aquí? —preguntó ella lentamente—. ¿Por qué? ¿Qué es lo que ha ocurrido?

Él firmó la carta.

—No hemos recibido contacto alguno de la familia de tu *fidanzato* —respondió él con la voz tan fría como el acero—. Parece que tu inmediata liberación no es su prioridad inmediata y están considerando otras opciones...

—No le creo. Está mintiendo —replicó ella levantando la voz—. Jeremy jamás me dejaría aquí. No lo comprende —añadió mientras golpeaba el escritorio con el puño—. Nos vamos a casar... muy pronto.

—Sí. Dentro de seis semanas. Espero que este asunto se solucione antes de entonces.

—¿Qué le hace pensar que no vaya a ser así?

—He puesto mis condiciones. Lo único que tienen que hacer es aceptarlas. Es muy sencillo.

—En lo que se refiere a Nigel Sylvester no lo es. Uno no puede dictar a un dictador, *signore*.

—No. Se le derrota en batalla.

—¿Sin importar lo que les ocurra a las partes inocentes que estén implicadas?

—Ah... —dijo él mientras se reclinaba sobre el sillón—. ¿Te refieres a ti misma? Pero si yo te he apartado del conflicto.

—Pero tal vez yo no deseo eso. Tal vez quiero estar con el hombre que amo, luchando a su lado.

—En ese caso, te llevarás una desilusión —replicó. Entonces, le indicó una mesa que había al otro lado de la sala, en la que la esperaba una caja de cartón abierta—. Allí tienes una selección de libros en inglés, para que así puedas pasar el tiempo más agradablemente.

—¡Maldito sea! —le espetó Maddie—. ¡Y malditos sean sus libros! No quiero nada de usted.

—Ahora te estás comportando de un modo irracional —repuso el conde tranquilamente—. Haré que te lleven los libros a tu habitación. Si eliges tirarlos por la ventana que da a la montaña, puedes hacerlo, pero si tu *fidanzato* sigue mostrándose tan obstinado, podrías lamentarlo.

—¡Le ruego que deje de llamarlo de esa manera! —rugió Maddie. Estaba empezando a temblar de miedo a medida que iba comprendiendo el horror de la situación en la que se encontraba. Los Sylvester no podían dejarla allí indefinidamente... ¿O sí?–. Se llama Jeremy.

–Y yo me llamo Andrea –replicó él–. Un nombre que tú te muestras reacia a utilizar... Maddalena. Ahora sé que la fotografía tuya que me mostraron no te hacía justicia, *mia bella*. Te hacía parecer *convenzionale*... Incluso algo aburrida. Sí, la pasión te sienta bien. Le da fuego a tus ojos y color a tu piel. ¡Qué pena que hasta ahora solo haya sido la ira lo que les haya dado ese aspecto, convirtiendo a la serena rosa inglesa en una tigresa!

Maddie apretó los puños y se obligó a controlar su respiración para tratar de recuperar de algún modo el control.

–Le ruego que no imagine que sus ofensivas frases me resultan halagadoras, *signore*. No tengo intención alguna de escucharlas.

–¿Qué puede tener de ofensivo decirle a una mujer que la excitación la vuelve hermosa? ¿Acaso ese hombre... ese tal Jeremy, jamás te lo ha dicho?

–Mi relación con él no es asunto suyo –replicó Maddie levantando la barbilla–. Ahora, voy a regresar a mi dormitorio.

–No te lo impediré –dijo él mientras tomaba su pluma–. En primer lugar, tengo cartas que escribir y, en segundo, el momento aún no ha llegado. Pero eso cambiará.

Las miradas de ambos se cruzaron. El fuego pareció prender entre ellos. Maddie, escandalizada, tuvo que apartar la mirada.

–Jamás... ¿me oye? Ni en un millón de años.

Con eso, se dio la vuelta y salió por la puerta abriéndola de par en par. Domenica, que estaba esperando en el exterior, se sobresaltó.

Maddie echó a andar con rapidez, casi corriendo, a

pesar de que le temblaban las piernas. Se sentía desesperada por llegar a su habitación, el único lugar seguro que conocía en aquel lugar caótico y peligroso en donde estaba atrapada.

Al llegar a la puerta de su habitación, la abrió de par en par y la cerró tras de sí de una patada. Entonces, todo quedó en silencio. Instantes después, oyó cómo Domenica cerraba la puerta con llave, algo que, por una vez, agradeció.

Se echó sobre la cama y escondió el rostro en las almohadas. Cuando finalmente comenzó a llorar, las lágrimas parecían abrasarle la piel, pero las agradeció. Sentía que por fin conseguía deshacerse de todas las tensiones y de los temores que llevaba conteniendo desde que aquella pesadilla había comenzado. Era una necesaria catarsis.

Cuando dejó de llorar, se quedó sin fuerzas, completamente vacía. Se incorporó lentamente y se apartó los mechones de cabello mojados del rostro. Tenía que pensar en lo que el conde le había dicho.

Había estado contando demasiado con los Sylvester. Había dado por sentado que ellos la ayudarían instantáneamente y que la libertad no tardaría en llegar.

Respiró profundamente. Acababa de descubrir que no era así. Tenía que enfrentarse al hecho de que Nigel Sylvester podría negarse a rescatarla porque consideraba que su desobediencia era lo que la había llevado a aquella situación.

Decidió que ya no podía limitarse a esperar. De algún modo, tenía que tomar la iniciativa y tratar de preparar su propia fuga.

Tenía elementos a su favor. Sabía dónde había ropa que podría ayudarla a disfrazarse, conocía algo más la casa y sabía dónde estaba la cocina. No era mucho, pero sí un comienzo.

No permitiría que Andrea Valieri amenazara todo lo que había logrado en su vida. Decidió que tal vez se estaba dejando llevar por el pesimismo y que estaban tratando de localizarla en secreto, utilizar un negociador profesional o incluso un detective para tratar de encontrarla.

Tenía que aferrarse a aquella creencia. También tenía que tener fe en Jeremy y convencerse de que él estaba luchando por ella y que iría a buscarla.

–Cariño mío –susurró con la voz entrecortada–. Te necesito tan desesperadamente... Por el amor de Dios, date prisa.

«Antes de que sea tarde», pensó, conteniéndose justo a tiempo para no decirlo en voz alta.

Capítulo 6

MIENTRAS Maddie se duchaba para librarse del sufrimiento y la debilidad decidió que, para empezar su campaña, debería tratar de recuperar parte del terreno que había perdido anteriormente.

Había sido poco sensato por su parte perder los nervios y dejar que él viera lo mucho que aquella situación la turbaba. Había sido mayor necedad aún reaccionar ante las afirmaciones personales que él había expresado. Habría sido mejor guardar la compostura y reaccionar como si se tratara de algo trivial.

Decidió que, a partir de aquel momento, permanecería impasible ante cualquier noticia, buena o mala, y expresaría una total indiferencia hacia las insinuaciones de índole sexual. Si insistía en ello, le haría saber que su comportamiento era una ruptura de los buenos modales e impropio de su noble cuna. Haría que guardara silencio avergonzándolo, aunque su instinto le decía que no lo conseguiría fácilmente.

Tras envolverse con una toalla seca, regresó al dormitorio para echarse la siesta que se había hecho parte de su ritual. Cuando se despertara, estarían esperándola un nuevo camisón y una nueva bata. Como de costumbre.

«Tal vez será esmeralda», pensó mientras se tumbaba en la cama. Aunque no era su color. Se preguntó si él se habría dado cuenta.

Se mordió el labio. No debería estar pensando de

aquel modo. No era probable que él se hubiera ocupado personalmente de adquirir aquellas prendas tan íntimas. Alguien lo habría hecho en su lugar. Sin embargo, le bastaba saber que él había dado la orden; si el conde la había visto antes en alguna fotografía, solo Dios sabía qué otros detalles conocía sobre ella. Sintió que el rostro se le ruborizaba.

Eso era precisamente lo que le resultaba tan turbador. Todo el planeamiento y la recopilación de datos que él había llevado a cabo para atraparla, algo de lo que ella ni siquiera había sido consciente.

Además, se había dado cuenta de que era tan solo un simple peón en un juego en el que participaban dos hombres arrogantes y fuertes. Y, por normal general, los peones se sacrificaban fácilmente...

Terminó por quedarse dormida. Cuando se despertó, las sombras del atardecer habían transformado la habitación. Tal y como esperaba, alguien había ido a visitarla mientras dormía y, sobre los pies de la cama, la esperaban una nueva bata y un nuevo camisón. En vez del verde que ella había anticipado, eran negros. El estilo también era diferente. La bata tenía un pronunciado escote cuadrado y se ajustaba en la parte delantera con grandes botones forrados de terciopelo. El camisón estaba hecho de una gasa tan transparente que prácticamente era tan solo un velo. Unas estrechas cintas lo sujetaban a los hombros.

Aquellas prendas le enviaban a Maddie un mensaje inconfundible. Un regalo sensual que buscaba provocarla deliberadamente con cada centímetro de su tela.

«Pues no va a salirse con la suya. Me los pondré como si fueran de franela».

Miró a su alrededor y vio la caja de libros sobre la mesa. Junto a ella, había un reproductor de CDs, acompañado con el disco de las mejores arias de Floria Bartrando.

Se puso a vestirse. La ceñida bata hacía destacar la esbeltez de su cintura e insinuaba demasiado la forma de sus senos. Los enormes botones parecían más una invitación que una protección. Se sonrojó vivamente y se odió por ello.

En aquella ocasión, fue Luisa, la joven doncella, la que acudió para acompañarla abajo. La muchacha la observó atónita. Maddie levantó la cabeza y agarró el CD al pasar junto a la mesa. Estaban a mitad de camino del pasillo cuando escuchó música. Un piano tocando algo suave y romántico. Recordó que en una de sus forzadas conversaciones Andrea Valieri le había dicho que había aprendido a tocar el piano de niño.

Atravesó la galería y se detuvo a mitad de la escalera. Miró hacia el lugar donde estaba el piano y lo observó. Él tenía la cabeza inclinada hacia las teclas. Parecía absorto, ajeno a todo, pero Maddie no se dejó engañar. Incluso desde la distancia podía sentirlo, como si se tratara de la caricia de un dedo sobre la piel desnuda.

Atónita, se dio cuenta de que los pezones se le habían puesto erectos contra la gasa que los cubría. Reconoció cómo se despertaba el deseo al ritmo de aquella maravillosa música. Dejó que ella la transportara escaleras abajo, hacia él, dejando que la seda negra flotara a su alrededor.

Cuando llegó la nota final, la sala quedó en silencio. Maddie aplaudió lentamente, casi con languidez, haciendo que él la mirara fijamente.

—Bravo, *signore*. Pensaba que había dicho que no era un virtuoso.

—Halagos de tu parte... Estoy asombrado —dijo él levantándose del taburete.

—Creo que haría falta mucho más que eso para sorprenderlo. No he reconocido la música. ¿Qué era?

–Se trata de algo muy nuevo, compuesto por alguien con el que estuve en el colegio, Gianfranco Deloria. Él lleva recogiendo música popular de esta zona desde hace algún tiempo para darle un giro más contemporáneo.

–Vaya, es muy hermoso...

–Se sentiría muy halagado si te escuchara. Su primer álbum va a ponerse a la venta dentro de poco y dará un recital en Trimontano en otoño.

–Ah, sí. El festival. Eso me recuerda... Gracias por el reproductor de CDs, pero se puede quedar con esto –dijo Maddie mientras colocaba el disco de Floria Bartrando sobre la mesa–. No quiero recuerdos de mi estancia en este lugar.

–Sin embargo, ella es quien la ha conducido hasta aquí.

–Como si necesitara que me lo recordara –replicó con la voz llena de amargura–. Sin embargo, eso era cuando yo buscaba información para un programa de televisión. Ahora, dudo que Floria Bartrando siga con vida y mucho menos que tenga planes para retomar su carrera.

–Al contrario, sigue con vida y está bien –la informó él tras una pausa–. Y tiene intención de volver al mundo de la canción algún día... cuando sea el momento adecuado.

–En ese caso, lo hará sin ningún tipo de ayuda por mi parte –Maddie se encogió de hombros. ¿Sabe ella que usted la implicó en su plan para secuestrarme?

–Yo jamás habría utilizado su nombre sin su permiso.

–Veo que, de vez en cuando, tiene escrúpulos. Eso me sorprende. Y en especial lo que cuenta sobre la *signorina* Bartrando. ¿Cómo puede alguien con la voz de un ángel prestarse, aunque sea superficialmente, a un delito de extorsión? ¿Acaso está pasando por un mal momento?

–Vive con todas las comodidades.

–Y veo que usted también –comentó ella mirando a su alrededor–. ¿O acaso se ha visto también afectado por la crisis económica mundial? ¿Están atravesando los mercados del aceite de oliva y de la cerámica por un mal momento?

–No, pero veo que usted también me ha investigado.

–Evidentemente, no lo bastante –repuso–. Por ejemplo, no encontré mención alguna de la muerte del anterior conde.

–Él lo prefirió así. Era un hombre muy discreto.

–En ese caso, tal vez sea mejor que no siga con vida para ver cómo arrastra usted su apellido por el fango –dijo ella en tono desafiante–. ¿O, al igual que usted, se consideraba por encima de la ley?

–Nadie lo está, *bella mia* –contestó él con una repentina sonrisa, que acarició a Maddie como si fuera un beso.

–No... no me llame así –susurró ella, sin poder controlar la ligera falta de aliento que tenía en la voz.

–¿Acaso crees que es otro engaño? Te prometo que no lo es –afirmó Valieri mientras la estudiaba atentamente con la mirada–. Antes eras encantadora, Maddalena. Esta noche estás arrebatadora.

–Deje de hablar así –murmuró ella atropelladamente–. No tiene ningún derecho... ningún derecho en absoluto.

–Tengo cualquier derecho que yo decida imponer –musitó–, pero no hay necesidad de dejarse llevar por el pánico. Te estaba haciendo un cumplido. No trataba de seducirte.

–¿Seducirme? ¿No querrá decir... violarme?

–No –contestó él con firmeza–. En absoluto. Y me insultas a mí y a mi apellido sugiriendo algo así. Te juro por el honor de mi familia que jamás en toda mi vida he poseído a una mujer en contra de su voluntad. Tú, Maddalena, no vas a ser la primera. Debes saberlo... ¿O acaso es posible que sigas siendo inocente, sin experiencia alguna sobre cómo un hombre expresa su deseo?

–Por supuesto que no –Maddie respiró profundamente–. Sabe muy bien que estoy prometida... a punto de casarme.

–Sí, pero una cosa no descarta necesariamente la otra. Y tú, curiosamente, pareces... virgen.

–Sí que es curioso –dijo ella secamente–, dado que Jeremy y yo estamos profunda y apasionadamente enamorados. Supongo que tengo que seguir soportando sus desagradables especulaciones machistas junto con todo lo demás que ya me ha hecho soportar.

–Eso no será necesario. Ya he sacado mis propias conclusiones sobre la profundidad de tu pasión, pero dime, *mia cara,* ¿te has preguntado alguna vez si podría haber más?

–No –le espetó ella–. Amar a alguien y querer pasar el resto de la vida con esa persona no tiene que ver tan solo con el sexo.

–Ah... Un cínico podría decir que acabas de condenarte, Maddalena. Pero, dime, ¿dónde está ese amante tan apasionado y tan dedicado a ti? Si tú me pertenecieras, yo habría entrado en la casa como un rayo, ofreciendo todo lo que poseo en el mundo para volver a tenerte entre mis brazos. Pero yo...

–Sí. Estaba segura de que habría un «pero».

–Yo jamás te habría permitido que viajaras a lo desconocido sin mí –afirmó el conde–. No te habría perdido de vista durante el día y me habría asegurado de que estabas a salvo en mi cama todas las noches. ¿Por qué no ha hecho él lo mismo?

–Jeremy tiene una carrera profesional muy importante –respondió a la defensiva–. Tiene otras cosas que hacer en vez de seguirme por Italia.

—En otras palabras, *mia bella,* estaba obedeciendo las órdenes de su padre. No. No intentes negarlo. Yo también he hecho bien mis deberes.

—Y, como los míos, están incompletos. No conoce a mi futuro suegro —le espetó ella.

—Ni él me conoce a mí, Maddalena. Pareces olvidarlo.

—Porque carece de importancia. ¡Dios! ¿Cómo puedo convencerlo de que él jamás cederá a sus demandas? Supongo que la Interpol me está buscando en estos momentos.

—No lo creo. Y tú tampoco deberías creerlo.

—Cuento tan solo con una certeza —dijo Maddie con fiereza—. Que voy a largarme de aquí en cuanto pueda —añadió, conteniéndose a tiempo—. Y tan lejos como me sea posible —concluyó sin revelar sus verdaderas intenciones.

El sonido de la puerta y el de las ruedas del carrito anunció que Luisa había llegado oportunamente con las bebidas. Maddie se dio la vuelta y respiró aliviada.

Sintió la tentación de pedir agua mineral, pero aceptó el *spritzer* sin comentario alguno. Todo como siempre. Cuando Luisa terminó de servirle a Valieri su whisky, volvió a marcharse.

Como necesitaba un tema de conversación neutral, Maddie se dirigió hacia la chimenea y contempló el cuadro que había sobre ella.

—Extraño tema para un cuadro. ¿Es ese el lobo por el que la casa recibe su nombre?

—No. Era simplemente un símbolo, pintado por medio de fotografías. Al principio, esta casa se llamaba Casa d'Estate, la Casa de Verano. Mis bisabuelos la llamaron así porque pasaban aquí el verano para huir del calor de la costa. Mi abuelo le cambió el nombre. Hace cuarenta años, unos estudios revelaron que el lobo de los Apeninos estaba en peligro de extinción. A mi abuelo siempre le habían parecido unos animales muy interesantes, valientes y leales, con fuertes vínculos familiares. Se dedicó a trabajar para protegerlos. Ahora, están en la lista de especies protegidas, con lo que se puede decir que consiguió su objetivo. Era un hombre muy decidido.

–Un rasgo que, evidentemente, ha pasado a sus descendientes –comentó Maddie, sin intención alguna. Sin embargo, para su sorpresa, vio que el rostro del conde se endurecía.

–Pueden ser solo apariencias...

–Ah –dijo ella ocultando su sorpresa–. ¿Podría significar eso que, incluso ahora, usted podría estar abierto a la negociación? Después de todo, dejó muy claro que no necesita el dinero del rescate.

–No es cuestión de dinero. Jamás lo ha sido.

–¿Entonces?

–Podría decírtelo, pero las explicaciones deben esperar a un momento más favorable. Igual que tú debes esperar a que los Sylvester respondan. Me pregunto qué será lo siguiente en ocurrir. Pero ninguna clase de persuasión, por muy tentadora que resulte, hará que cambie de opinión –añadió suavemente–, por lo tanto no lo intentes. A menos, por supuesto, que estés buscando una excusa para compartir mi cama. En realidad, no es necesario. Te prometo que lo único que tendrás que decir es: «Andrea, te deseo».

Estaban a varios metros de distancia, pero, de repente, el ambiente entre ellos se cargó, se llenó de tensión eléctrica.

Maddie sintió que la respiración se le aceleraba.

–¿Cómo se atreve a insultarme de ese modo? Es asqueroso.

–Permíteme que, a cambio, te pregunte cómo te atreves a ser tan hipócrita, *mia bella* –replicó él–. Yo simplemente estoy reconociendo que el deseo que hay entre nosotros es obvio, y tú lo sabes tan bien como yo. Además, la elección siempre será tuya.

—¡En ese caso, elijo no volver a estar con usted a solas! —exclamó ella.

—Tus deseos son órdenes —dijo él con tranquilidad—, al menos durante los próximos días. Debo ausentarme por negocios.

—Si hubiera un mensaje de Jeremy o de su padre, usted no estará aquí para recibirlo.

—No temas. Si hay alguna novedad, algo que dudo, me informarán enseguida.

—Pero a mí no —protestó—. Tendré que permanecer encerrada aquí, sin saber absolutamente nada, cuando podría estar ocurriendo cualquier cosa.

—¿Sigues esperando que tu futuro suegro ejerza su influencia en Whitehall y consiga que los SAS británicos se tiren aquí en paracaídas para rescatarte? Esperas en vano.

—Sin embargo, hay otro factor que usted ha pasado por alto. La productora de televisión para la que trabajo, la que me envió aquí. Están esperando informes frecuentes sobre mi progreso con el asunto Bartrando. Si no tienen noticias mías, se preocuparán y comenzarán a hacer averiguaciones.

—Ya han recibido varios mensajes desde tu móvil en los que se les asegura que todo va bien. Se sentirán muy desilusionados si terminas volviendo con las manos vacías, pero eso todo. Ahora que te he quitado una preocupación, vamos a cenar.

—No, gracias —dijo ella. Dejó la copa medio vacía sobre la mesa—. Voy a cenar en mi habitación. Tal vez pueda pedirle a alguien que me suba la cena en una bandeja. Bastará con un poco de pasta y un postre. No tengo hambre.

–Esa reacción es banal, indigna de ti, *carissima*. Sin embargo, espero que sigas cenando aquí, en el salón, durante mi ausencia.

Maddie ya estaba a mitad de camino de las escaleras, pero se dio la vuelta para mirarlo.

–¿Confía en mí?

–No, pero Eustacio estará presente y confío en él para que te cuide en mi nombre. Además, mientras estoy lejos, me gustará pensar que adornas mi mesa con tu belleza e imaginarme que habrá un tiempo en el que no nos daremos las buenas noches cuando terminemos de cenar.

Maddie se sonrojó al tiempo que sintió cómo el delicioso tormento del deseo despertaba lentamente en su interior. Aquella traicionera sensación le indicaba sin duda que todas sus protestas eran mentira. Le habría sido tan fácil decir «Andrea, te deseo...».

Se clavó las uñas en las palmas de las manos para tratar de encontrar una mordaz contestación que lo silenciara para siempre, pero no lo consiguió.

Subió las escaleras y se encontró con Domenica, que la estaba esperando entre las sombras. Mientras avanzaba, sintió la mirada del conde, acompañándola como si estuviera caminando con ella con la mano en su cintura y los labios acariciándole el cabello.

–Hasta que volvamos a vernos –dijo él, con voz ligeramente burlona–. Créeme, *carissima* Maddalena. Estaré contando las horas.

Maddie se encontró rezando en silencio para no hacer lo mismo.

Capítulo 7

MADDIE leyó la última página de su libro, suspiró y lo arrojó sobre la cama. Entonces, se levantó y comenzó a caminar de arriba abajo por la habitación.

Habían pasado dos días desde Andrea Valieri se marchó de la casa. Cuando le preguntó a Domenica cuándo se suponía que él iba a regresar, la mujer se encogió de hombros y, con malicia, le contó que los negocios que lo habían reclamado era una muchacha de Viareggio.

—Su amante —había añadido innecesariamente—. Y muy hermosa, por lo que quién sabe cuándo regresará.

Las noticias de la muchacha de Viareggio le afectaron más de lo que había imaginado. Tuvo que esforzarse mucho para que Domenica no se percatara de su reacción.

Otra razón más para salir de allí.

Maddie había esperado que, en ausencia del conde, la actitud hacia su detención se relajara un poco, pero no había sido así. De hecho, parecía que los sirvientes la vigilaban más estrechamente que nunca. Lo único bueno era que, aquel día, Domenica no había aparecido hasta el momento.

Maddie no comprendía por qué la mujer seguía mostrándose tan hostil hacia ella. El resto de los empleados no se comportaban así. Luisa y Jolanda, la mu-

chacha que trabajaba en la cocina, se mostraban son-
rientes y amables con ella. Eustacio, por su parte, era
cortés al máximo.

Estaba cavilando en estas cuestiones cuando oyó la
llave en la cerradura de la puerta. Luisa entró en la habitación con toallas limpias en el brazo, seguida de Jolanda, que iba a recoger la bandeja del almuerzo.

Maddie las miró a las dos muy sorprendida y preguntó:

–¿Domenica?

Las muchachas se miraron y, entonces, Luisa llevó
a cabo una realista representación de alguien vomi-
tando.

–Oh –susurró Maddie–. ¡Qué pena! *Che peccato*
–añadió en italiano.

Las chicas asintieron. Luisa se dirigió al cuarto de
baño y Jolanda recogió la bandeja y se marchó de la habitación con ella en las manos... dejando la puerta
abierta.

Maddie la miró fijamente y tragó saliva. Aquella era
la primera vez que ocurría algo así. Domenica cerraba
la puerta con llave siempre que salía de la habitación.
Aquella podría ser la única oportunidad que tuviera y
tenía que aprovecharla.

Dio un paso y se detuvo al escuchar un golpe y un
grito de dolor que provenía del pasillo. Sin dudarlo más,
salió corriendo y encontró a Jolanda llorando mientras
se levantaba del suelo en medio de un montón de platos
y vasos rotos. Tenía un profundo corte en la mano, que
sangraba abundantemente.

Maddie ayudó a la muchacha a levantarse y examinó
la herida. Oyó un gritó de horror a sus espaldas y se dio
la vuelta. Entonces, vio a Luisa con la boca abierta.

–Ve a por una toalla –le ordenó Maddie mientras la

doncella la miraba sin comprender. Hizo un rápido gesto de secarse.

Cuando Luisa regresó con una de las toallas pequeñas, Maddie envolvió la mano de Jolanda en ella.

–Ahora, llévala a la cocina. *La cucina* –añadió–. Tiene que ir al hospital. *Ospedale* –reiteró–. *Presto*. Tal vez necesite puntos –explicó mientras hacía el gesto de coser–. Yo me encargaré de esto –concluyó señalando al suelo–. Cuida de ella... *Attenzione,* Jolanda.

Luisa asintió y se llevó a la muchacha, colocándole un brazo alrededor de los hombros.

Cuando hubieron desaparecido, Maddie respiró profundamente. Estaba segura de que Luisa terminaría acordándose de que había dejado la habitación abierta y a la prisionera libre. Solo podía rezar para que tardara mucho en hacerlo.

Las llaves seguían en la puerta. Para ganar unos pocos minutos, la cerró desde el exterior. Entonces, fue corriendo al almacén. Allí, escogió una bata blanca que era aproximadamente de su talla, una de las gorras y unos zapatos sin tacón de color negro. Se quitó la bata y el camisón y los arrojó al suelo junto con las llaves. Después, se vistió rápidamente. Se recogió el cabello dentro de la gorra y se lo caló con fuerza para que no se le viera ni un solo mechón. Por último, se calzó y echó a andar por el pasillo. Por suerte, logró recordar el camino que habían tomado para ir a la biblioteca y pasó sin novedad junto a la cocina, en el interior de la cual se escuchaban los gritos de dolor de Jolanda. En ese momento, un hombre salió con una caja de botellas y tarros. Maddie siguió andando sin detenerse.

«Mi disfraz funciona», pensó. El corazón estaba a punto de saltársele del pecho. Decidió que el hombre iba a los cubos de basura y lo siguió.

Se mantuvo a una discreta distancia y el hombre no

tardó en atravesar unas puertas. Cuando Maddie hizo lo mismo, ya no se le veía por ninguna parte.

Se encontraba en un patio vallado, alineado con otras pequeñas construcciones. En la pared opuesta, había una puerta. Resultaba maravilloso sentir el sol y el aire fresco. Caminaba deprisa y, cuando finalmente llegó a la puerta, descorrió los pesados cerrojos y la abrió con facilidad.

La franqueó casi sin atreverse a abrirla del todo y la cerró de nuevo.

Permaneció inmóvil durante un instante, respirando profundamente mientras trataba de situarse. La montaña que había visto todos los días desde su ventana quedaba a su izquierda, irguiéndose sobre el valle que quedaba a sus pies. A duras penas, vio que había un río y una carretera allí abajo. A pesar de que no sabía adónde se dirigía, era la elección evidente para alguien que necesitaba huir de allí. Demasiado evidente. La verían desde muy lejos si tomaba la carretera. Además, si alguien se dirigía de vuelta a la casa del conde.

Como ruta alternativa, vio un sendero que se adentraba en un profundo bosque. Al menos las hojas de los árboles la ocultarían mientras viajaba y le ofrecerían refugio si lo necesitaba.

Empezó a bajar por la colina. Se quitó la gorra y se la metió en el bolsillo.

Cuando se encontró a salvo bajo los árboles, vio que el sendero era estrecho y tenía mucha vegetación en algunos lugares, pero se podía seguir fácilmente. Esperaba que el camino la condujera a otra casa o pueblo desde el que pudiera llamar por teléfono.

Trató de mantener el paso, pero no le resultaba fácil con las raíces y las ramas caídas de los árboles. Además, los zapatos habían comenzado a hacerle daño en los pies. Sentía que se estaban formando ampollas.

A pesar de las sombras de los árboles, hacía mucho calor. Maddie estaba empezando a tener mucha sed. Era una pena que no hubiera conseguido algo de agua antes de marcharse. Le parecía que llevaba caminando como una hora o más, pero sin su reloj era imposible saberlo. Intentó animarse, diciéndose que no tardaría en encontrar agua. Seguramente habría pequeños arroyos alimentando el río que había visto en el valle. Solo tendría que esperar que su agua fuera potable.

Siguió caminando, tratando de no pensar que aquel bosque podría ser muy extenso. Estaba lleno de sonidos. El susurro de las hojas en las ramas, los arbustos que se movían a su paso, lo que indicaba la presencia de pequeños animales. Los pájaros cesaban sus cantos a su paso.

Entonces, oyó otro ruido, ajeno a los sonidos del bosque. Era un helicóptero.

Contuvo el aliento y miró hacia arriba, tratando de vislumbrarlo a través de las copas de los árboles. Vio el reluciente cuerpo de la máquina pasando prácticamente encima de ella. Parecía estar realizando las maniobras de aterrizaje y Maddie supo, sin lugar a dudas, quién estaba en su interior.

Decidió que era imposible que él pudiera verla. De hecho, seguramente daba por sentado que seguía encerrada en su prisión. No obstante, no pasaría mucho tiempo antes de que descubriera la verdad. Entonces, como un lobo, empezaría a buscarla. Trató de calcular el tiempo del que disponía antes de que fuera a buscarla y decidió que debía encontrar algún sitio en el que ocultarse.

–No puedo dejar que me encuentre... No puedo...

Con decisión, reunió las fuerzas que le quedaban y apretó el paso. Desgraciadamente, el sendero comenzó

a hacerse más empinado. Las piedras sueltas dificulta-
ban el avance. No tardó mucho en estar completamente
agotada. El sudor le caía por el rostro. Se sentó un instante para descansar y, entonces, vio una serpiente. Durante un instante, se quedó completamente inmóvil, rígida de terror. Entonces, se abalanzó hacia un arbusto.
Durante un breve instante, se sintió aprisionada por ramas y pinchos hasta que oyó que la madera se que-
braba. El arbusto cedió y Maddie se encontró rodando
colina abajo en medio de un remolino de piedras, arena
y hojas.

Por suerte, un tronco caído la detuvo en seco. Mientras trataba de recuperar el aliento, permaneció donde
estaba, preguntándose cuántos huesos se habría roto.
Cuando consiguió sentarse, miró a su alrededor por si
la serpiente la había seguido.

Cuando se aseguró de que no era así, comenzó a mo-
ver brazos y piernas con cuidado. No parecía tener nada
roto. Se levantó. Se sentía dolorida, con arañazos por
todas partes, y parecía haberse torcido un tobillo. Al día
siguiente estaría cubierta de hematomas, pero al menos
no le había ocurrido nada grave.

Desgraciadamente, había perdido dos botones de la
bata que se había puesto y tenía la falda rasgada desde
la cintura hacia abajo. En aquellos momentos, el rui-
noso uniforme rayaba la indecencia.

Se sentó en el tronco y trató de contener las lágrimas. Cuando se tranquilizó, decidió que tenía que volver a ponerse en camino.

Había empezado a hacer más frío, lo que indicaba
que el sol no tardaría en ponerse. Y no quería seguir en
aquel bosque cuando aún fuera de noche.

Miró a su alrededor y eligió una rama seca. La utilizó como bastón para ayudarse a llegar a la parte alta

de la colina. Decidió que, si fuera necesario, también podría utilizarla como arma. Desgraciadamente, su tobillo no le permitía progresar como le hubiera gustado.

El bosque había quedado en silencio. Ya no se escuchaban los pájaros. Al llegar a lo alto de la ladera, vio que el sendero se dividía en dos. Para elegir, se dejó llevar por su instinto.

Llevaba andando una media hora cuando le pareció que la vegetación comenzaba a hacerse menos frondosa. El corazón se le llenó de esperanza al ver que, más abajo, la puesta del sol iluminaba un grupo de casas.

«¡Casas!», pensó con alegría. Gente. Parecía que, después de todo, había elegido el camino adecuado.

Comenzó a bajar la ladera con mucho cuidado y llegó por fin a una calle de un pueblo. Todo estaba muy tranquilo. No parecía haber humo en las chimeneas ni vecinos en las casas. Cuando se fijó mejor, se dio cuenta de que las casas carecían de puertas y ventanas. Estaba abandonado.

Solo había un perro, que salió trotando de un callejón y se detuvo en medio de la calle, mirándola. Maddie lo miró con más atención y al comprender qué era exactamente lo que estaba viendo, el terror se apoderó de ella. Reconoció el tamaño del animal. Su color y su peso. La forma de la mandíbula.

Recordó el retrato que había sobre la chimenea de la casa y comprendió que, delante de ella, estaba en carne y hueso la fiera que el óleo había representado.

«Dios... Que Dios me ayude...».

Dio un paso atrás. El lobo no dejaba de observarla completamente impasible. El instinto le decía a Maddie que debía conservar la tranquilidad. Al menos tenía un palo para defenderse. Lo último que debía hacer era darse la vuelta y echar a correr.

Con eso, arrojó el palo y se dio la vuelta, para chocarse contra el duro y fuerte cuerpo que tenía a sus espaldas. Sintió que la rodeaban unos fuertes brazos, sujetándola.

–Vaya, Maddalena –dijo Andrea Valieri con evidente satisfacción–. Juntos de nuevo. ¡Qué delicia!

Capítulo 8

MADDIE ni siquiera podía sentir sorpresa. Tan solo, que acababa de ocurrir lo inevitable.

Mientras él la tenía entre sus brazos, aspiró su cálido y masculino aroma, mezclado con la fragancia que él utilizaba.

Sintió que algo se desplegaba dentro de ella, como si fuera una flor que se abría, y comenzó a resistirse, a golpearle el pecho con los puños cerrados. Sin embargo, era como tratar de empujar una montaña. Él no la soltó ni un instante.

–¡Suéltame! –le gritó ella–. ¡Dios! ¿Es que no te das cuenta? ¿Estás ciego o eres un loco? Hay un lobo...

–Lo había –replicó él–. Ya se ha marchado –añadió mientras la obligaba a darse la vuelta–. ¿Ves?

Efectivamente así era. Maddie había escapado de un depredador para verse en brazos de otro. Se había estado engañando si había creído que podría escapar de él.

–*Santa Madonna,* ¿qué es lo que te has hecho? –le preguntó mientras la miraba de arriba abajo.

Maddie hubiera podido preguntarle lo mismo. Jamás lo había visto de aquella manera. Iba vestido con pantalones de pana, botas altas y una chaqueta de innumerables bolsillos sobre una camisa oscura.

–Tuve un accidente –replicó en tono desafiante–. Había una serpiente en un árbol y me entró miedo, por lo que eché a correr y me caí por una ladera.

—¿Te has hecho daño?

—Solo en el tobillo.

Andrea dijo algo en voz baja y, entonces, la tomó en brazos y la llevó hacia una de las destartaladas casas. Ella empezó a resistirse una vez más.

—¡Déjame en el suelo!

—*Basta!* ¡Estate quieta! —le ordenó él.

Maddie dejó de resistirse y se dejó llevar. A medida que fueron acercándose a la casa, se dio cuenta de que, al contrario de las restantes, aquella tenía puerta, aunque no estaba encajada sino simplemente apoyada contra la pared.

Andrea la llevó al interior y ella descubrió que estaba amueblada bastante rudimentariamente. Había una mesa, dos sillas y un fregadero. Un arco cubierto con una cortina conducía a otra habitación, que contaba con un colchón sobre el suelo.

También se dio cuenta de que había una mochila apoyada contra la pared y que, a su lado, había una funda que, evidentemente, contenía un arma.

Andrea la dejó sobre una de las sillas y se arrodilló junto a ella.

—Déjame ver el tobillo.

Maddie apartó el pie, pero tuvo que ahogar un grito de dolor.

—¡No me toques!

—Intentar escapar fue una tontería. ¿Por qué aumentar tu grado de estupidez negándote a recibir una ayuda que, evidentemente, necesitas?

Ella permaneció en silencio durante un instante. Entonces, asintió y se cubrió rápidamente el muslo con la falda rasgada mientras él le quitaba los zapatos. Andrea examinó las ampollas sobre los dedos y los talones. Cuando le tocó el tobillo, lo hizo con dedos firmes, pero delicados.

—No hay fractura.

—Eso te lo podría haber dicho yo.

—Solo es un ligero esguince. Necesita un poco de hielo, pero Giacomo no tiene congelador, por lo que debemos utilizar lo que tenemos a mano.

—No sabía que tenías conocimientos médicos, además de tus otros talentos.

—No los tengo. Se llama sentido común. Permíteme que te lo recomiende.

Andrea la miró y frunció el ceño al ver que Maddie se echaba a temblar. Se puso de pie y se dirigió a la chimenea mientras se sacaba unas cerillas de uno de los bolsillos de la chaqueta. Entonces, prendió las ramitas que había en el hogar. Cuando consiguió hacer llamas, añadió más madera y agarró una cazuela, que llenó de agua en el fregadero antes de colgarla sobre las llamas.

Después, fue a la habitación y regresó arrastrando una pequeña bañera que colocó delante de la chimenea.

—Supongo que estarás bromeando... —susurró ella con voz temblorosa.

—No. Algunos de esos arañazos deben limpiarse bien, pero no te preocupes. No insistiré en ser testigo del proceso.

Abrió un cajón que había bajo el fregadero y sacó unas velas que estaban colocadas en desconchados candeleros de porcelana.

—¿Y ese Giacomo vive aquí? Debe de resultarle muy solitario.

—Es pastor. Está acostumbrado a su propia compañía. Este lugar le resulta útil cuando tiene ovejas o cabras que trasladar.

—¿Y no le importan los visitantes?

—En esta región, todos nos ayudamos los unos a los otros. Giacomo me dijo que te había visto hoy y me informó de adónde creía que te dirigías. Y después Aldo, que estaba buscando un oso salvaje con su hijo, me confirmó lo que Giacomo había dicho y vine a buscarte.

–¿Quieres decir que me estaban vigilando?

–¿Crees que una rubia con el cabello como los rayos del sol no atraería la atención de nadie? Por cierto, la descripción es de ellos, no mía. Estaban preocupados por ti. Esto no es terreno para alguien sin la ropa o el calzado adecuados.

–Ni nada para beber... Tengo tanta sed... –admitió, muy a su pesar.

Andrea se dirigió a la mochila y sacó una botella de agua mineral y una taza de metal.

–Bebe despacio –le advirtió mientras le daba la taza llena.

–¿Cómo te comunicaron que me habían visto? –preguntó ella tras tomar un sorbo–. No estabas aquí... –añadió con cierto retintín, pensando en lo que Domenica le había dicho sobre la amante de Viareggio.

–Giacomo y Aldo se pusieron en contacto conmigo por radio. Regresé en cuanto me dijeron que te habías escapado.

–Qué bien –dijo Maddie con amargura.

–Pues menos mal. No creo que te hubiera gustado pasar la noche aquí arriba tú sola, en un lugar como este.

–¿Y cómo conseguiste llegar aquí antes que yo? No me adelantaste por el camino.

–Hay otra carretera. Camillo me dejó en el cruce y vine campo a través para esperarte.

–¿Quieres decir que el coche no está lejos? Menos mal.

–¿Tantas ganas tienes de regresar a tu celda? –le preguntó mientras seguía vertiendo agua en la bañera antes de añadir la que se había calentado en la cazuela.

–Al contrario, pero al menos es mejor que esto.

–Me alegra que Giacomo no oiga cómo insultas su hospitalidad –dijo mientras indicaba la bañera–. El baño la espera, *signorina*. Lamento que no haya ni jabón ni toallas. Tendrás que secarte con lo que llevas puesto.

Maddie se sonrojó.

–Pero eso es imposible. Es... lo único que tengo.

Andrea se quitó la chaqueta y la colgó en el respaldo de la otra silla. Entonces, comenzó a desabrocharse la camisa que llevaba puesta.

–¿Qué estás haciendo?

–Tranquilízate. No estoy pensando meterme en la bañera contigo –le dijo. Se quitó la camisa y se la lanzó–. Ponte esto cuando te hayas lavado.

Maddie observó que tenía la piel bronceada. Los huesos y los músculos eran fuertes, pero, al mismo tiempo, elegantes y esbeltos. Tenía el torso cubierto de vello oscuro, que bajaba en forma de flecha hasta la cintura.

No se parecía en nada a Jeremy, cuya piel era suave y pálida, a pesar de las constantes sesiones de bronceado. Sus hombros también eran menos anchos y menos poderosos... Apartó rápidamente la mirada.

–Yo... no podría...

–No seas tonta –susurró él–. Ciertamente será más recatado que lo que llevas puesto ahora.

El rostro de Maddie se cubrió de rubor mientras observaba cómo Andrea se dirigía a la mochila y sacaba un fino jersey de lana, que se metió por la cabeza.

Después sacó también un pequeño tarro y lo dejó sobre la mesa.

–Crema antiséptica –dijo. Con eso, salió de la casa.

Maddie tragó saliva y se quitó la bata para meterse en la bañera. A pesar de todo, le sentó muy bien. Se lavó cuidadosamente todos los arañazos y se puso de pie para dejar que el agua le cayera por el cuerpo. No hacía más que mirar hacia la puerta, pero no había ni una sombra que indicara que él estuviera cerca.

Se secó con la bata que se había quitado y aplicó la crema en los arañazos. Luego, tomó la camisa y, de mala gana, se la puso.

Olía a él, tanto que le costó bastante trabajo abrocharse los botones. Cuando terminó, tuvo que admitir que el conde tenía razón. Aquella prenda era mucho más adecuada, más larga incluso que algunos de los vestidos que se había puesto en Inglaterra. Se remangó las mangas hasta los codos.

Entonces, respiró profundamente y dijo:

—He terminado.

Había esperado que él respondiera inmediatamente. No fue así, de modo que corrió hacia la puerta y miró afuera. No había nada.

—¡Andrea! —gritó con voz urgente.

Él salió inmediatamente de entre unos árboles.

—¿Ocurre algo? —le preguntó mientras se acercaba a ella.

—No... Es que no sabía dónde estabas.

—Fui a dar un paseo —replicó secamente—. No soy un santo y decidí apartarme de la tentación.

Maddie volvió a sonrojarse, por lo que agradeció la oscuridad.

—Pensé que el lobo podría regresar y no te llevaste el rifle.

—Porque no hay necesidad. Estás a salvo —le aseguró mientras le ponía la mano sobre el hombro y la hacía entrar de nuevo en la casa. El cálido tacto parecía penetrar cada uno de los huesos del cuerpo de Maddie—. Ahora, siéntate. Te curaré las ampollas.

Maddie obedeció y se colocó las manos sobre el regazo mientras él llevaba la pequeña bañera al exterior para vaciarla. Después, Andrea volvió junto a la mochila y sacó un rollo de vendas y un pequeño tubo.

—Es gel –le dijo–. Actúa como piel artificial.

—¿Me va a doler?

—Un poco, pero te ayudará. Espero que te cures rápidamente, *mia bella*. Cuando prometí devolverte sana y salva, no me había dado cuenta de lo inquieta que eres.

Maddie reaccionó enseguida al escuchar aquellas palabras.

—¿Acaso has recibido noticias de Londres? ¿Me marcho ya a casa?

—No han respondido de manera alguna –contestó mientras aplicaba el gel.

—¿Y qué ocurrirá si no responden nunca? –preguntó angustiada.

—No debes preocuparte por eso –le aseguró Andrea–. Terminarán respondiendo, te lo prometo –añadió mientras volvía a cerrar el tubo–. Tendrás que ser paciente, Maddalena, y no correr más riesgos estúpidos.

Comenzó a vendarle los pies rápida y eficazmente.

—A ti te resulta fácil decir eso –susurró ella mientras se secaba una lágrima con el reverso de la mano.

Se produjo un largo silencio. Entonces, Andrea volvió a tomar la palabra.

—Te sentirás mejor, *mia cara,* cuando hayas comido algo.

Maddie se puso de pie.

—En ese caso, te ruego que me lleves de vuelta a tu casa. Preferiría comer sola en mi habitación.

—Si no comes algo ahora, mañana tendrás mucha hambre. Comeremos ahora.

—¿Mañana? No hablarás en serio... No me puedo imaginar siquiera pasar la noche aquí...

No tuvo que añadir «contigo». Resultó evidente.

–*Purtroppo*. Me temo que ninguno de los dos tenemos elección en el asunto.

–Pero Camillo te trajo hasta aquí en coche. Tú mismo lo dijiste.

–Le dije que volviera.

–No... No me lo puedo creer. ¿Por qué hiciste eso?

–Porque la carretera, como el pueblo, está abandonada y es peligrosa. No pienso pedirle a Camillo que corra ese riesgo con tan poca luz. Vendrá a buscarnos en el jeep mañana. Y tú, Maddalena, debes vivir con las consecuencias de tu propia estupidez.

–¿Qué hay de estúpido en querer ser libre? –replicó ella mientras se sentaba en una silla–. ¿Querer regresar con el hombre que amo?

–Nada, pero, por el momento, solo tenemos sopa, pan y salchichón. Puedes comer o pasar hambre. Como desees –le espetó.

Ella permaneció sentada, observando cómo él lo preparaba todo. Mientras se calentaba la sopa, vio que desenrollaba lo que parecía un saco de dormir y lo llevaba a otra habitación. Con cierta intranquilidad, Maddie se dio cuenta de que lo desabrochaba por completo y lo colocaba sobre el colchón a modo de sábana. Sintió que se le aceleraban los latidos del corazón...

Entonces, el olor de la sopa provocó que la boca se le hiciera agua, dejando aquellas otras consideraciones como algo secundario, aunque solo fuera por el momento.

Andrea repartió la sopa, que era espesa y aromática, en dos boles y los llevó a la mesa, con un par de cucharas de madera. Después, llevó un plato de pan y salchichón, que había cortado en trozos con su cuchillo de caza.

Maddie se tomó todo lo que le pusieron delante.

–*Grazie, signore* –dijo cuando hubo terminado.

–*Prego*. Antes me llamaste por mi nombre de mi pila.

–Se me escapó. Estaba nerviosa.

–*Che peccato*. Veo que mis esperanzas se hacen pedazos una vez más.

–Dada la situación, no debes esperar mucho más. ¿Cómo tiene la mano Jolanda? ¿Necesitó que le aplicaran puntos?

–Eres muy amable por preguntar. La llevaron a una clínica cercana para que la atendieran. Un pequeño drama que tú aprovechaste muy bien, *mia cara*.

–Puede ser, pero no evita que me preocupe por ella. Y espero que Luisa no se meta en un lío por olvidarse de cerrar la puerta.

–Se ha llevado una buena reprimenda por ello. Y Domenica también tendrá algo que decir al respecto cuando vuelva.

–Lo imaginaba. ¿Por qué tiene que ser tan desagradable?

–Tiene otra cara que tú no has visto. *Per esempio*, siente adoración por mi madre.

–¿Tu madre sigue viva?

–Sí –respondió él con una afectuosa sonrisa.

–Vaya... yo había dado por sentado que...

–Por supuesto. Porque preguntarme por mi familia y utilizar mi nombre de pila sería tratarme como un ser humano. Resulta más fácil considerarme un monstruo.

–No es eso... –susurró Maddie bajando los ojos–. A pesar de todo, esta noche has sido muy... amable conmigo.

–Eres muy importante para mi estrategia, *mia cara*. *Percio*, no puedo dejarte marchar. La situación ha ido demasiado lejos para eso.

Maddie se quedó pensando en lo que él había dicho mientras observaba atentamente la llama de la vela. Se dio cuenta de que iba a bostezar y trató de impedirlo ocultándose la boca con la mano. Por supuesto, Andrea se dio cuenta.

–Has tenido un día agotador, Maddalena. Es hora de que te vayas a la cama. Lamento que el resto de las comodidades estén en una cabaña en el exterior a la que se sale por la puerta trasera, pero tengo una linterna.

–Estoy bien aquí.

–Estás agotada, *mia bella*, pero sigues enfrentándote a mí. *Tuttavia*, debo insistir. El colchón nos puede acomodar a los dos fácilmente y prefiero tenerte a mi lado. Estoy seguro de que comprendes por qué.

–Si prometo que no saldré huyendo, ¿dormirás fuera?

–No porque, gracias a ti, yo también he tenido un día agotador. No estás en situación de poner condiciones.

Maddie se puso de pie.

–Pero me dijiste... me prometiste que no harías esto. Tendría que haberme imaginado que no podía confiar en ti. Eres un canalla.

–Dije que no te poseería en contra de tu voluntad –le corrigió él–. Y no estoy de humor para poner a prueba tu resistencia esta noche. Deseo descansar, no disfrutar del placer.

–Eres... malvado.

–Y tú, *mia carissima*, eres un doloroso y persistente aguijón para mí. Rezo a Dios para que me libre pronto de ti.

–Amén.

Durante un instante, los dos se miraron fijamente. Entonces, él se echó a reír.

–Ahora que hemos dicho nuestras oraciones, Maddalena, nos podemos ir a la cama. ¿Puedes andar o te llevo en brazos?

–Yo... –susurró ella mientras recordaba lo que había sentido la vez anterior, cuando él la tomó en brazos–. Puedo arreglármelas.

–Pues adelante.

Andrea se dirigió a su mochila y sacó una linterna, que le entregó a ella.

–Yo recogeré todo esto antes de reunirme contigo.

Maddie asintió y se dirigió a la otra habitación. Gracias a la venda, el tobillo no le dolía demasiado. Con la ayuda de la linterna, salió por la puerta trasera. Como él había dicho, era solo una primitiva cabaña. Maddie sintió miedo al escuchar los sonidos y los susurros que se producían a su alrededor.

Se alegró de volver al interior de la casa. El colchón era viejo y olía a paja, pero era algo mejor que el suelo. Se tumbó y apagó la linterna. Entonces, contempló las estrellas, que se veían perfectamente a través de los agujeros del techo. Trató de controlar los temblores mientras esperaba.

Él apagó las velas de la otra habitación, lo que indicó que por fin se disponía a acostarse. Maddie se puso rápidamente de costado, casi en el borde del colchón. Cerró los ojos con fuerza, pero era plenamente consciente de los movimientos de Andrea. Todos los sentidos le decían que él estaba junto a su lado del colchón, observándola. Inclinándose hacia ella...

Su voz resonó suave e irónica en la oscuridad de la noche.

–Yo me quedaré con la linterna, *mia bella*. Me acabo de dar cuenta de que es muy pesada y no tengo ganas de despertarme con un golpe en la cabeza. Ahora, deja de fingir. Que duermas bien.

Con eso, se apartó y Maddie sintió que el colchón cedía bajo su peso. Se sentía rígida de la tensión. Esperaba que la tomara entre sus brazos, pero el único movimiento que él realizó fue ponerse de espaldas a ella. Unos instantes después, se escuchó una respiración regular y profunda que indicaba que, al menos él, se había quedado dormido.

Lenta y gradualmente, Maddie se fue relajando. Colocó el brazo debajo de la cabeza a modo de almohada. Volvió a respirar el aroma de Andrea al notar la manga de la camisa contra el rostro, y lo absorbió con repentino y apasionado deseo, algo que ya no podía negar ni tratar de ocultar.

Sintió una profunda vergüenza. Tan solo hacía unos días que lo conocía, días en los que él había sido su carcelero, su enemigo. El miedo y la ira debería ser lo único que sintiera hacia él. ¿Por qué no habían bastado para protegerla de aquel extraño torbellino de confusos sentimientos?

«Me dije que solo quería recuperar la libertad, regresar a Inglaterra a cualquier precio. Sin embargo, no era tan sencillo, porque, en realidad, lo que he estado haciendo ha sido huir de mí misma. Y de él».

Sintió que ya no le quedaba ningún lugar al que escapar.

Capítulo 9

MADDIE no tardó en descubrir que no resultaba fácil estar completamente despierta junto a un hombre dormido. Era la primera vez que compartía cama durante una noche entera. Se preguntó qué ocurriría si se moviera por algún motivo o si, simplemente, se quedara dormida y se diera la vuelta...

«Ni lo pienses», se recordó. «Limítate a concentrarte en las estrellas que se ven a través de aquellos agujeros».

Aunque su cuerpo permaneció completamente inmóvil, su mente no podía parar de pensar.

¿No había una especie de síndrome psicológico en el que las víctimas de un secuestro se sienten físicamente atraídas por sus secuestradores? Saber eso la ayudaría a superar aquella ilógica y peligrosa obsesión de acercase a él, de permitir que los brazos de Andrea le proporcionaran la seguridad que parecían ofrecer.

No podía poner en peligro su futuro. Su matrimonio, sus sueños de felicidad no podían echarse a perder por lo que tan solo sería una breve y sórdida aventura con un reputado seductor. Un hombre que acababa de pasar dos días y dos noches con otra mujer en Viareggio. Un hombre que había hecho mucho daño a los Sylvester. «Piensa en Jeremy», se dijo. Eso era. Debía centrarse en él. En reunirse con él cuando aquella pesadilla hubiera terminado. Debía imaginarse en los brazos de su prometido, perteneciéndole a él otra vez...

En ese instante, decidió que debía ser sincera. La sensación de pertenencia a Jeremy había sido escasa en los últimos meses. Recordó momentos poco felices, el dolor que había sentido al ver que Jeremy se vestía y se marchaba inmediatamente después de hacer el amor. El acto también había sido precipitado y poco satisfactorio, al menos para ella.

—Me haces sentir como una fulana —le había dicho ella una noche mientras él se vestía rápidamente. Había tratado de que aquel comentario pareciera una broma y no una queja, pero Jeremy había reaccionado a la defensiva.

—No, cariño. Ya sabes cómo son las cosas.

—Sí, bueno... No creo que tu padre te esté vigilando.

—Por supuesto que no, pero espera que yo sea el primero en llegar a la oficina todas las mañanas, por lo que tengo que marcharme desde mi casa —replicó Jeremy mientras se acercaba a la cama y le daba un beso—. Nos casaremos pronto, Maddie. Tenemos que ser pacientes. Eso es todo.

Maddie sentía que, efectivamente, lo había sido. En muchos sentidos. ¿Durante cuánto tiempo más?

Miró las estrellas y se puso a contarlas para quedarse dormida. Finalmente, cerró los ojos y consiguió conciliar el sueño.

Cuando se despertó, vio que el cielo estaba azul, lo que indicaba que había amanecido. Durante un instante no supo dónde se encontraba ni qué era lo que le había despertado. De repente, lo recordó todo y, muy lenta y cuidadosamente giró la cabeza.

Andrea Valieri estaba a poco menos de medio metro de distancia, con el rostro apoyado sobre una mano y una ligera sonrisa en los labios, observándola. Estaba completamente desnudo a excepción de unos calzoncillos de seda. Tenía el cabello revuelto y necesitaba afeitarse, pero ninguna de aquellas circunstancias le restaba atractivo físico.

–*Buongiorno. E come stai*?

Maddie lo miró fijamente, tratando de encontrar las palabras.

–¿Es que aún no sabes cómo responder cuando alguien te desea buenos días? –le recriminó él en broma–. En ese caso, permíteme que te lo demuestre.

Entonces, se acercó a ella y la tomó entre sus brazos mientras inclinaba el rostro y le rozaba los labios con los suyos.

Fue una ligera caricia, pero Maddie se sintió profundamente consciente de aquel contacto. El pulso se le aceleró y sintió que una extraña sensación crecía en su interior. Una sensación que no se podía permitir.

Sin embargo, sintió que su resolución desaparecía cuando Andrea volvió a besarla, una vez más delicadamente, pero con creciente insistencia. Poco a poco, los segundos se alargaron en minutos. Sintió cómo la punta de la lengua de Andrea le acariciaba los labios, buscando la secreta dulzura que estos protegían. Al mismo tiempo, él comenzó a apartarle el cabello del rostro, para trazarle el contorno de la cara hasta la curva de la garganta.

Maddie contuvo el aliento, presa de la tensión y la excitación, cuando los labios de Andrea siguieron el mismo camino, besándole suavemente los ojos, las mejillas y las comisuras de la boca. Entonces, él dejó que los labios se adueñaran del lugar en el que el pulso le latía en la garganta, acelerándoselo aún más.

Cuando finalmente Andrea levantó la cabeza, el rostro de Maddie estaba ardiendo. Aquel era el momento de apartarlo, se dijo ella, de aferrarse a la palabra que él le había dado y ponerla a prueba. Andrea había dicho que no la forzaría. Ella no era virgen, pero, al mismo tiempo, se sentía tan nerviosa e insegura que aquella podría haber sido su primera vez con un hombre.

Su cuerpo parecía pertenecer a una desconocida. El modo en el que reaccionaba a las caricias de Andrea eran completamente desconocidas para ella.

Cuando le colocó las manos en el torso, no lo hizo para rechazarlo. Los dedos se le enredaron en el vello, sintiendo los latidos de su corazón y sabiendo que eran un eco del suyo propio.

Como si estuviera respondiendo a una tácita invitación, Andrea volvió a buscarle la boca y profundizó el beso, exigiendo una respuesta apasionada y estrechándola contra su cuerpo justo cuando ella separó los labios para permitirle por fin el acceso que él quería.

Maddie ofreció la rendición que tanto anhelaba. Ya no existía el bien ni el mal. Solo aquel hombre y el momento que estaban compartiendo. Ya no podía seguir negándolo. Se rindió, liberando toda las sensaciones nacidas de la tensión que había estado creciendo entre ellos desde que se vieron por primera vez.

Sentía los pezones erectos bajo la única prenda que los cubría. El deseo le abrasaba los muslos mientras sus bocas se exploraban y se aferraban con apasionado delirio. Las lenguas se reunieron finalmente entrelazándose en un sensual ritual de deseo y urgencia.

Andrea se apartó y volvió a colocar a Maddie sobre el colchón. Entonces, se inclinó sobre ella para desabrochar, botón a botón, la camisa que llevaba puesta. Sus manos bajaban sin pausa, pero sin prisa, apartando la tela a su paso para recorrer también con la boca el cálido camino creado y buscar la suave redondez de los pechos desnudos.

Maddie le acarició el cabello y cerró los ojos, saboreando las deliciosas sensaciones que producía la incipiente barba sobre su piel desnuda. Gimió de placer al experimentar las sensaciones que la atenazaban mientras él le acariciaba los senos con la mano, levantándolos y capturando la rosada punta de cada pezón entre los labios, chupándolos con delicado erotismo.

A través de la seda de los calzoncillos, Maddie sintió la potente erección que se apretaba contra ella. El vientre le ardía por la necesidad de sentir aquel masculino poder en su interior.

Cuando buscaba la erección con los dedos, Andrea le detuvo la mano.

—Todavía no, *mia bella*. Por ahora, deseo que el placer sea para ti...

Le desabrochó los botones que aún le quedaban y, durante mucho tiempo, estuvo mirando su cuerpo desnudo, con los ojos llenos de deseo. Finalmente, se arrodilló a sus pies y comenzó a acariciarle las piernas con las manos, haciéndola temblar de placer cuando tocó la sensible parte de detrás de las rodillas y subió lentamente para hacer lo mismo con los glúteos. En ese momento, sus manos se hicieron firmes y decididas. La levantó hacia él y deslizó suavemente los labios por sus esbeltos muslos antes de alcanzar el suave vello que crecía entre ellos y que también comenzó a besar.

Maddie exhaló un sonido, mitad suspiro y mitad gemido.

—Sí, *carissima*... —dijo él como si estuviera respondiendo una pregunta.

Entonces, le separó las piernas y comenzó a explorarla con los dedos, deslizándolos entre la cálida humedad que con tanto anhelo los esperaba. Buscó el pequeño y palpitante montículo y lo estimuló con un dedo, excitándolo increíblemente. A continuación, bajó la cabeza y lo poseyó con la boca, haciendo que la lengua se deslizara sobre él voluptuosamente.

Maddie gimió y se estremeció de placer mientras él

acrecentaba la exquisita presión y la empujaba con increíble habilidad hacia el orgasmo.

Oyó una voz que casi no pudo reconocer como propia.

–Oh, sí... Ahí... por favor... Sí... sí... Ahora...

Cuando por fin el cuerpo alcanzó la cima más alta del placer y estalló en el clímax, Maddie gritó el nombre de Andrea en medio de una sensación de gozo y asombro.

Después, los dos permanecieron abrazados. Andrea no dejaba de besarla, murmurando palabras en su propio idioma. Maddie comprendió que nada podría haberla preparado para aquel momento. Si alguien le hubiera advertido de lo que iba a sentir, jamás lo hubiera creído. Nunca había negado que había disfrutado con el sexo, pero Andrea la había transportado a una nueva dimensión, completamente diferente a sus experiencias pasadas. Y su instinto le decía que aquello solo era el principio.

Deseó hacer que él sintiera el mismo placer.

–Te he arañado un poco, *mia cara*. Debería haberme afeitado. Lo haré la próxima vez...

–No importa –susurró ella, acariciándole la barbilla con la mano.

Decidió que la próxima vez iba a ser en aquel mismo instante. Se incorporó un poco y se apoyó sobre un brazo. Entonces, estiró la mano y comenzó a juguetear con la cinturilla de los calzoncillos antes de disponerse a bajárselos por los muslos. Andrea se echó a reír y se tumbó de espaldas, tras colocarse los brazos detrás de la cabeza. Su actitud era una invitación abierta a lo que ella quisiera hacerle.

Entonces, en cuestión de un suspiro, todo cambió. Andrea se incorporó y se sentó en el colchón. Estiró la cabeza, como si estuviera escuchando algo.

–¿Qué ocurre? –le preguntó Maddie muy sorprendida.

Andrea le hizo guardar silencio. Efectivamente, en la distancia se escuchaba el sonido de un motor que se acercaba.

–Camillo –dijo él–. No lo esperaba tan pronto –añadió mientras se levantaba del colchón–. Quédate aquí –le ordenó mientras se mesaba el cabello con una mano y se dirigía hacia la otra habitación–. Voy a vestirme y a hablar con él.

Maddie se quedó allí, presa de unos sentimientos encontrados. Desilusión, vergüenza y frustración física. Se puso de nuevo la camisa y, con temblorosos dedos, comenzó a abrocharse los botones.

Tras haber saboreado el placer entre sus brazos, quería experimentarlo todo, aunque sabía que debería sentirse aliviada de que Andrea se hubiera dado cuenta de que Camillo se acercaba y hubiera evitado así que el hombre los pillara in fraganti.

De repente, sintió un nudo en la garganta. ¿En qué estaba pensando? Tenía razones más importantes para agradecer que los hubieran interrumpido. «He estado a punto de cometer el mayor error de mi vida», pensó. «¿Cómo he podido ser tan estúpida?».

Debía volver a pensar en Andrea de nuevo como en su secuestrador y no en el amante cuyas manos y boca provocaban el delirio en su cuerpo. Debería haberse dado cuenta de ello cuando él le dijo que jamás poseía a una mujer a la fuerza. No era necesario.

«Debo de haber sido su conquista más fácil», pensó con amargura. Además, ¿cómo volvería a enfrentarse a Jeremy después de aquello, sabiendo que había cometido la máxima traición teniendo una aventura con su enemigo?

Si no hubiera sido por Camillo, en aquellos momentos estaría entre sus brazos, respondiendo con pasión y abandono todo lo que él le pidiera. Se había convertido en una criatura irreconocible y le había mostrado a Andrea Valieri un deseo que ella no había sabido que pudiera existir hasta aquel momento. Había gemido y le había suplicado le diera una satisfacción que iba más allá de sus sueños más salvajes.

Decidió que no habría próxima vez. Había vuelto a recuperar el control de su mente y de su cuerpo. No se permitiría que algo similar volviera a ocurrir.

Oyó voces y se cubrió con el saco de dormir. Entonces, la cortina se apartó y Andrea entró.

—Camillo te ha traído esto —dijo mientras colocaba su bolsa de viaje a los pies del colchón.

—¿Mis cosas? ¿Mis cosas? —repitió con incredulidad—. ¿Me las devuelves?

Él esbozó una sonrisa.

—Sí, *davvero*. He puesto un poco de agua a calentar para ti, pero te recomiendo que te des prisa. Camillo dice que el tiempo va a cambiar y que va a haber tormenta. La carretera ya es bastante peligrosa.

—Yo... me daré prisa.

—Y debo recoger esto —dijo él. Se inclinó y recogió el saco de dormir, dejándola sin más protección que la camisa.

Con un gesto nervioso, Maddie se cubrió con ella lo mejor que pudo y vio el asombro que se reflejaba en el rostro de Andrea y que luego se transformó en algo mucho más turbador y más frío. Entonces, sin decir una palabra, él se dio la vuelta y se marchó.

Maddie se levantó. Aún estaba algo dolorida y tenía muchos hematomas por todo el cuerpo, pero al menos se podía poner de pie sin cojear.

La bolsa no contenía todas sus pertenencias, pero sí un cambio completo de ropa, ropa interior incluida, y productos de aseo. También estaba su reloj y su libro de frases en italiano. Por supuesto, no estaba su pasaporte, ni su cartera ni su grabadora.

Se aseó rápidamente y se preguntó por qué su secuestrador habría cambiado de opinión. Porque así era como debía considerarlo en lo sucesivo. Debía pensar tan solo en todas las cosas malas que él le había hecho y dar las gracias de que no hubiera ocurrido nada más.

Se puso unos pantalones cortos de color negro y una camiseta. Pensaba que sus cosas le harían sentirse mejor, pero se había equivocado. Decidió que no volvería a encontrarse a salvo hasta que estuviera de nuevo en Londres.

Salió y vio que el jeep la estaba esperando. Los dos hombres estaban más preocupados con la negra nube que había en el cielo que por ella. Camillo le dedicó una ligera inclinación de cabeza y le abrió la puerta del jeep al tiempo que le quitaba la bolsa de la mano.

Muy pronto descubrió que Andrea no había estado exagerando sobre el estado de la carretera. Había profundos baches en el asfalto y un profundo precipicio a un lado. Maddie tenía tanto miedo que cerró los ojos.

Después de un rato, el traqueteo aminoró hasta que el jeep dejó de balancearse tan violentamente. Maddie abrió los ojos y se concentró en el paisaje que se veía a través de la ventana. Observó lo que parecía ser un relámpago en la distancia y, casi al mismo momento, las primeras gotas de lluvia golpearon los cristales. La esperada tormenta acababa de llegar con toda su fuerza destructiva.

Contuvo el aliento al ver cómo los relámpagos golpeaban las cumbres de las montañas. El trueno resonó con tanta fuerza que pareció que la sierra se desgajaba. Afortunadamente, veinte minutos después llegaron a la casa a la que ella había esperado no regresar. Después de que atravesaran las verjas de la entrada, vio que Eustacio esperaba pacientemente junto a la puerta, bajo un enorme paraguas negro.

Al ver el jeep, se acercó rápidamente a la puerta de Maddie y la acompañó hasta la casa mientras la bombardeaba con un montón de frases en italiano que ella no pudo comprender. El conde acudió en su ayuda.

–Dice que se alegra de que estés a salvo.

–Oh... *Grazie,* Eustacio –dijo ella muy sorprendida.

–Dice también que Alfredo te besa las manos.

–Ni sé quién es Alfredo ni por qué quiere hacer algo así.

–Es el padre de Jolanda, que ahora se está recuperando en su casa. A los ojos de sus padres, eres una heroína, Maddalena.

–Eso no es cierto.

–Tal vez no, pero deja que crean lo que quieran, *mia cara* –le dijo. Luisa se acercó a ellos en aquel momento y se hizo cargo de la bolsa de Maddie–. Ella te acompañará a tu nueva habitación.

–¿Adónde esta vez? ¿A las mazmorras? –preguntó ella mientras extendía las muñecas–. ¿No me vas a poner esposas?

–No me parece mala idea, pero creo que eso lo podríamos hablar más tarde –susurró él.

–Lo único que quiero hablar contigo es cuándo voy a regresar a Londres.

Entonces, con toda la dignidad que pudo reunir, siguió a Luisa por la escalera de mármol. Su instinto le decía que Andrea estaba observándola y le advertía al mismo tiempo que no mirara atrás.

Capítulo 10

MADDIE siguió a Luisa a lo largo de la amplia galería, temblando con lo que esperaba que fuese ira y nada más.

Andrea no era irresistible. Tenía que seguir repitiéndoselo. Por eso, tenía que olvidarse de todos los recuerdos de lo que habían compartido en la cabaña. Respiró profundamente y apretó las manos. Se había comportado de una manera estúpida e imperdonable, pero no iba a hacerlo una segunda vez. Debía dejar de castigarse y centrar en él su ira. En lo sucesivo, Andrea podría reservar sus comentarios, sus sonrisas y sus besos para la mujer de Viareggio o cualquier otra desvergonzada que le gustara, dado que parecía incapaz de ser fiel a nadie.

Todo se había terminado.

La referencia a las mazmorras había sido una broma, pero, después de su frustrado intento de huida, parecían haberla trasladado a una zona más remota y segura que la habitación en la que había estado. Tomaron un amplio pasillo y parecieron dirigirse hacia la habitación que quedaba enfrente.

Al llegar junto a las puertas, Luisa las abrió y se hizo a un lado para que Maddie entrara primero. Ella lo hizo y miró a su alrededor. Vio un pequeño aunque encantador salón, lujosamente decorado, en el que dominaba una chimenea de mármol. Los muebles eran muy elegantes e incluso había un escritorio que tendría por lo menos doscientos años de antigüedad. Las paredes estaban cubiertas de seda y había un enorme sofá junto a la ventana. Esta daba a un jardín formal, con formas geométricas y senderos de grava.

–Es muy bonito –susurró–. *Bello*.

Luisa sonrió e indicó una puerta. Maddie entró en un enorme dormitorio, dominado por una enorme cama con dosel. Había otra puerta, a través de la que se divisaba el brillo del mármol y de los apliques de oro.

Aquello le parecía un maravilloso sueño. De hecho, era casi demasiado maravilloso. Miró a Luisa y vio que ella estaba colocando la bolsa de viaje a los pies de la cama.

–¿Es para mí? –preguntó con incredulidad–. ¿Yo voy a dormir... *dormire* aquí?

La muchacha asintió y entonces, se dirigió a los armarios y abrió las puertas. Maddie pudo ver que el resto de su ropa estaba colgada allí o bien doblada en los cajones. También estaban los camisones y las batas que había estado utilizando hasta entonces. Al lado. Dos personas diferentes en las que, de algún modo, se había convertido. Debía deshacerse de una de ellas y pronto, porque estaba convencida de que su estancia en aquella casa tenía que estar llegando a su fin. Andrea quería sin duda que les dijera a Jeremy y a su padre que la habían tratado bien durante su cautiverio. ¿Por qué si no la había cambiado a la que seguramente era la mejor habitación de invitados?

Tragó saliva. Fuera lo que fuera lo que dijera cuando llegara a Londres, debía tener cuidado con las palabras que eligiera. Seguramente, los Sylvester querrían venganza. Y, después de todo lo ocurrido, ya no estaba segura de que quisiera que castigaran a Andrea. Ya no sabía lo que sentía...

–¿*Signorina*?

Se dio cuenta de que Luisa la estaba observando. Le dedicó una sonrisa.

–*Grazie,* Luisa. No necesito nada más. *Niente.*

La muchacha asintió y le mostró un cordón bordado que había junto a la chimenea. A continuación, se marchó de allí.

Maddie se dirigió hacia el cuarto de baño con su bolsa de aseo y su muda de ropa. Mientras se llenaba la enorme bañera, se desnudó. A continuación, se sumergió en el agua caliente y contuvo la respiración al notar la quemazón del agua contra las heridas. Además, tenía un montón de hematomas, por lo que su imagen no era la ideal para la esperada reunión con Jeremy. Pero había sido la desesperación por reunirse con él lo que la había empujado a huir. Así se lo diría...

Se examinó más detenidamente, buscando señales que pudieran delatar lo que no podía decirle. Marcas que Andrea Valieri pudiera haber dejado para traicionarla.

Al ver que no había nada, decidió olvidarse de lo ocurrido y comenzó a lavarse el cabello. Tardó un buen rato en volver a sentirlo limpio.

Cuando se estaba enjuagando, oyó un ruido a sus espaldas que la obligó a girar la cabeza.

Andrea estaba de pie junto a la puerta, con una expresión de profunda admiración en el rostro. El fuego le ardía en los ojos.

–*Che bella sirena...* –susurró mientras daba un paso al frente.

Durante un instante, Maddie no supo reaccionar.

–No te acerques más –dijo por fin. Se cubrió los senos con las manos–. ¿Cómo te atreves a entrar aquí de esta manera? Fuera. Fuera ahora mismo.

–He venido a traerte esto –dijo él mientras le ofrecía la crema antiséptica que había utilizado con ella la tarde anterior–. Pensé que podrías necesitarla.

–En ese caso, déjala en el suelo y márchate.

–¿Por qué te muestras tan agitada, *carissima*? –le

preguntó él suavemente–. Tu cuerpo no es un misterio para mí.

–No necesito que me lo recuerdes... Me avergüenzo al recordarlo.

–Ah... Yo solo recuerdo gozo, pero solo tenías que decirme que no, Maddalena.

–Lo sé... ¿Crees que así mejoras la situación?

–En este momento, dudo que nada pudiera hacerlo. ¿Por qué no me detuviste cuando tuviste oportunidad?

–Porque lo había pasado muy mal en ese bosque. Tenía miedo, estaba estresada y tú... tú te aprovechaste de mí.

–Eres una hipócrita, Maddalena –dijo él sin levantar la voz–. Si no nos hubieran interrumpido, nos habríamos aprovechado mutuamente el uno del otro y lo sabes, así que no finjas.

–No tenía la cabeza en su sitio. No sabía lo que hacía... Al contrario que tú... tú tenías tus propios planes.

–Quería hacerte el amor, *mia bella*. No es un secreto de Estado.

–¿Acaso te resulta imposible no estar con una mujer durante unas horas? Acababas de volver de la mujer que tienes en Viareggio.

–Portofino –le corrigió él–. Estaba visitando a una dama en Portofino, no en Viareggio.

–¿Acaso crees que la localidad supone alguna diferencia? –replicó ella llena de ira.

–Cuando se hace una acusación, me parece que es mejor ser exacto. He notado que tú no pareces compartir mi punto de vista.

–No tengo deseo alguno de compartir nada contigo. Y eso incluye esta casa. ¿Cuándo podré marcharme de aquí?

–Lamento decirte que esa decisión sigue en manos de otras personas, *mia bella*. ¿O acaso eso es algo que prefieres olvidar? –le preguntó. Agarró un albornoz y se lo ofreció–. El agua debe de estar quedándose fría, Maddalena. No quiero que te resfríes.

Al ver que ella no hacía amago de levantarse, lo dejó sobre el borde de la bañera y se dirigió hacia la puerta.

Maddie salió de la bañera y se puso el albornoz. Al comprobar lo grande que le estaba, tuvo un pensamiento muy turbador.

–¿Es tuyo este albornoz?

–Sí –respondió él mientras se daba la vuelta–, pero está lavado, por lo que no te contaminarás de nada mío.

–Entonces, este baño y esta suite son tuyos, ¿verdad?

–Naturalmente. Toda la casa me pertenece.

–No me refería a eso y lo sabes.

–No. Lo que te preocupa es estar compartiendo mi suite privada.

–No me preocupa. Me enfurece. ¿Acaso te sorprende?

–Creo que hay poco más que puedas hacer para sorprenderme, Maddalena. Por lo tanto, digamos... desilusionarme.

–¿Por qué? ¿Porque tu desagradable plan no va a funcionar?

–¿Es así como consideras mi deseo de convertirme en tu amante?

–¿Quién está siendo un hipócrita ahora?

–El deseo que siento hacia ti es verdadero. Deja que me tumbe contigo a dormir la siesta más tarde y te lo demostraré –dijo con una sonrisa que aceleró los latidos del corazón de Maddie.

–¿Y eso es lo único que tienes en mente? No me lo creo.

–Contigo entre mis brazos, *carissima*, ¿cómo podría pensar en otra cosa? Podría ser también que deseo tenerte cerca de mí para evitar un nuevo intento de fuga.

–O podrías estar buscando otro modo de castigar a

los Sylvester, o al menos a Jeremy. Eso me parece más probable.

—¿Por qué, cuando para eso ya he hecho lo necesario?

—Porque no han respondido a tu chantaje. Por lo tanto, poseerme y dejar que mi prometido se entere sería una forma de venganza muy especial.

Andrea dejó de sonreír.

—¡Qué imaginación más viva tienes, *mia bella*! Entonces, ¿qué crees que le diría? ¿Que, ciertamente, tienes el cabello como el sol y que tu cuerpo es como la luz de la luna? ¿Que tienes un pequeño lunar en la cadera derecha que he besado con fruición? ¿Que sabes a miel y a rosas? ¿Que le cuente todos los detalles íntimos que ya debe saber y que le dolería mucho que le contara otro hombre?

—Sí...

—De eso nada, Maddalena. Me vengaré por lo que se me debe y por nada más. Lo que estás sugiriendo es un insulto, tanto para ti como para mí.

—En ese caso, deja que regrese a la otra habitación. Te lo ruego...

—No deseo hacerlo. Te quedarás aquí, pero solo por cuestión de seguridad. Dormirás sola. Yo utilizaré la habitación que está junto a la tuya.

—¿Tiene la puerta que hay entre las dos habitaciones una cerradura?

—Sí, pero no hay llave.

—¿Y se supone que debo confiar en ti? —replicó escandalizada—. Ni hablar, pero te prometo una cosa. Si te vuelves a acercar a mí, me defenderé. Lo haré con todas mis fuerzas.

—¡Hay que ver lo rápido que cambian las cosas! —exclamó él—. No obstante, jamás cumplirás tu juramento. Esa próxima vez de la que hablas vendrás a mí por tu propia voluntad y entregándote completamente. Y eso también es una promesa.

Con eso, Andrea salió del cuarto de baño y cerró la puerta. Maddie se quedó inmóvil, observando la puerta con una mano en la garganta.

El día pareció muy largo.

Después de que Andrea se marchara, Maddie se sentó en la bañera, temblando. Cuando se hubo tranquilizado, se levantó y se secó el cabello con el secador, hasta que estuvo sedoso y brillante.

«El cabello como el sol».

El corazón le latía rápidamente al recordar el resto de las cosas que él le había dicho. Decidió que no eran frases dedicadas a ella en exclusiva, sino frases hechas que tan experimentado seductor tenía siempre en la boca.

Fuera lo que fuera, Jeremy jamás le había dicho que su cuerpo era como la luz de la luna. De hecho, jamás le había dicho nada.

Se aplicó la crema antiséptica que Andrea le había llevado y dejó el albornoz en el cuarto de baño. Entonces, se vistió con una sencilla falda azul y una camiseta blanca de manga corta. Así, regresó al salón y se acurrucó en el sofá que había junto a la ventana.

Cerró los ojos y trató de olvidarse de todo lo que él le había dicho, de los recuerdos que evocaba al pensar en sus manos y en sus labios. Trató de regresar al mundo racional, pero sin éxito.

Fue un alivio cuando alguien llamó a la puerta. Era Eustacio, con el almuerzo. Después de asegurarse de que Maddie tenía todo lo que necesitaba, el mayordomo la informó de que «Su Excelencia» había tenido que marcharse por un asunto urgente, pero que esperaba que le hiciera el honor de cenar con él aquella noche.

A pesar de que le habría gustado negarse, Maddie se limitó a asentir.

Mientras comía, se preguntó adónde lo habría llevado aquel asunto tan urgente, si a Viareggio o a Portofino.

Decidió que no era asunto suyo. Lo que importaba eran sus negociaciones con los Sylvester, porque aquella situación no podía prolongarse más en el tiempo. Deseó de todo corazón que aquel fuera el asunto que lo había hecho ausentarse.

Cuando empezó a atardecer, se puso el vestido negro que había llevado a la ópera y volvió a sentarse junto a la ventana. Luisa no tardó en ir a buscarla para acompañarla al salón principal. Allí, a Maddie le llamó la atención que el espacio encima de la chimenea estuviera vacío.

–He hecho que lo quiten.

Maddie se dio la vuelta y vio a Andrea de pie junto al umbral de la puerta. Iba vestido con un elegante traje oscuro y tenía un aspecto distante y poderoso. Ya no había rastro alguno del amante que le había mostrado el paraíso aquella mañana.

–¿Qué lo quiten? ¿Por qué?

–Después de tu encuentro con un lobo de verdad anoche, me pareció mejor. Un recordatorio de la experiencia podría causarte temor y más estrés. Eso es algo que ninguno de los dos deseamos.

Maddie se sonrojó.

–Pero la protección de esa especie y todo el trabajo que se hizo es parte de tu familia.

–Para el conde Guillermo, la causa era admirable. Ahora, su propósito se ha conseguido y mis intereses van en otra dirección. Preferiría que este lugar volviera a ser lo que fue en sus orígenes. La Casa del Verano –dijo con una sonrisa–. Tú me has dado motivos.

—La Casa del Verano —repitió ella lentamente—. Suena... verdaderamente maravilloso.

—Haré que así sea.

En la pausa que se produjo a continuación, él la miró a los ojos. El silencio que se produjo entre ellos cambió de repente. Vibraba con una tensión tan interminable como el espacio que había entre ellos.

¿Por qué parecía que tan solo un pequeño paso la llevaría directamente a los brazos de Andrea? Era como si una fuerza magnética la empujara hacia él.

La empujara a su propia destrucción.

El hecho de que se diera cuenta le dio fuerza para actuar, para romper el hechizo antes de que fuera demasiado tarde.

Maddie se movió y bajó la mirada al suelo al tiempo que se envolvía los brazos alrededor del cuerpo en un gesto de negación total. Entonces, oyó el profundo suspiro que se le escapaba a él. Un suspiro que encontró eco en las profundidades de su ser, aunque no se expresó en voz alta.

—Déjame ir —dijo ella—. Tienes que dejarme ir. Una vez presumiste de que jamás habías poseído a una mujer a la fuerza, pero así es como me mantienes aquí. No puedo seguir así y lo sabes.

—Claro que lo sé, pero no será así durante mucho más tiempo.

Maddie sintió que se le hacía un nudo en la garganta y se obligó a mirarlo.

—¿Quieres decir que hay noticias? ¿Has recibido alguna comunicación de Londres?

—No.

—En ese caso, termina con esto. Olvídate de lo ocurrido y deja que me vaya. El padre de Jeremy no cederá nunca. No sabes a quién te enfrentas.

—En eso te equivocas, Maddalena. Lo sé desde hace

mucho tiempo, casi toda mi vida. Y yo tampoco pienso rendirme. ¿Y tú? ¿Sigues decidida a casarte y a pasar a formar parte de esa familia?

–Me voy a casar con el hombre al que amo, no con su familia. Es muy diferente.

–Me alegro de que así lo creas. Espero que no te lleves una desilusión –dijo. Se dirigió al carrito de las bebidas y se sirvió un whisky. Entonces, le preparó a ella un Campari con soda y se lo entregó.

Maddie aceptó la copa con mucho cuidado de no tocarle los dedos con los suyos.

Andrea levantó su copa con un gesto triste en los labios.

–Por tu futura felicidad, *carissima,* sea cual sea la forma que adopte –añadió con ironía.

Entonces, se bebió la mitad del whisky de un trago y se dio la vuelta.

–Por la felicidad –repitió Maddie. Entonces, tomó un sorbo del Campari. Su fuerte sabor le dejó un regusto amargo en la garganta.

Capítulo 11

LA CENA resultó muy incómoda. Estuvo plagada de silencios que ninguno de los dos parecía desear ni ser capaz de romper.

Cuando, al final de la cena, Eustacio llevó una botella de *f* a la mesa y la colocó junto a su señor, Maddie se terminó rápidamente su café y se excusó.

—¿Acaso estás huyendo, *mia bella*? —le preguntó Andrea mientras se dirigía a la puerta que le permitiría regresar a su dormitorio.

Maddie no respondió.

Al llegar a la suite, vio que la cama se había abierto solo por un lado y respiró aliviada. Vio que sobre la cama estaba su propio camisón. Sin embargo, seguía algo intranquila por la puerta que comunicaba los dos dormitorios. Temía que Andrea se emborrachara.

Sin embargo, la noche transcurrió sin novedad. Cuando se despertó, el sol llenaba la habitación y la sonriente Luisa acababa de entrar en la habitación con la bandeja que contenía su desayuno.

En ella, había una nota escrita con la ya familiar caligrafía.

Antes de leerla, se tomó un café y unos bollos calientes. Cuando la abrió, la nota decía:

Perdóname por lo de anoche. Mis palabras no fueron las adecuadas. Hoy es un día nuevo y maravilloso y, a última hora de la mañana, voy a acercarme a la

costa. Espero que me permitas hacer las paces contigo
y me dejes disfrutar de tu compañía. Te espero a las
once en el vestíbulo.

La nota estaba firmada con sus iniciales.

Maddie leyó la nota dos veces. El sentido común le
decía que estaría jugando con fuego si pasaba un día en-
tero en la compañía de Andrea. Por otro lado, negarse
a su invitación era casi lo mismo que admitirlo, que decirle que tenía miedo de estar a solas con él, y no porque tuviera miedo de que él rompiera su palabra y quisiera hacerle el amor; en realidad, era que no se fiaba
de sí misma. Y aquello era algo que no podía permitir
que él sospechara siquiera. Nunca...

Entonces, cuando Eustacio fue a recoger la bandeja,
le devolvió la nota tranquilamente.

–Por favor, dele las gracias al conde Valieri y dígale
que espero el paseo con impaciencia.

Eustacio realizó una suave inclinación de cabeza y
se marchó.

Maddie concentró toda su atención en revisar su
guardarropa. Al final, eligió una sencilla falda de lino
blanco a juego con una camisa de estilo túnica de color
negro. Se recogió el cabello con un pasador de plata
justo encima de la nuca.

Sencilla y profesional en vez de seductora.

Luisa fue a buscarla para conducirla hasta él. Andrea
iba vestido con unos pantalones chinos de color crema
y un polo rojo. Estaba de pie en el vestíbulo hablando
con Eustacio, pero se interrumpió al sentir que Maddie
se acercaba. Le dedicó una sonrisa que a ella le pareció
una descarga eléctrica.

Maddie se pensó si aquello era una buena idea. Estuvo a punto de cambiar de opinión y de regresar a su
dormitorio, pero decidió que aquella sería seguramente

su única oportunidad de ver algo de Italia. No se imaginaba a Jeremy permitiéndole regresar.

–¿No te parece que estás corriendo un riesgo muy grande? –preguntó a Andrea al llegar junto a él.

–¿En qué sentido?

–Invitándome a salir y a volver al mundo real. ¿No tienes miedo de que me vuelva a escapar?

–Existe esa posibilidad –contestó encogiéndose de hombros–. ¿Lo harías?

Los dos se miraron fijamente durante unos instantes. Maddie respondió finalmente.

–No.

–En ese caso, vayámonos.

Se dirigieron a un coche que ella no había visto antes. Se trataba de un elegante deportivo, que, evidentemente, el propio Andrea iba a conducir.

Maddie se acomodó en el asiento del copiloto y se colocó un pañuelo sobre la cabeza. Esperaba que tuviera un aspecto más tranquilo de lo que se sentía en realidad.

Andrea arrancó el motor y tomó la carretera que serpenteaba valle abajo.

–Me alegro de que hayan cesado las tormentas –dijo Maddie para romper el silencio.

–Van a volver, pero espero que hoy no.

–O al menos hasta que yo haya regresado a mi casa –comentó para tratar de dejar claro que aquel era su verdadero objetivo.

–Naturalmente –repuso él con voz sedosa–. Sin embargo, nadie sabe cuándo va a ser eso.

–Ni cómo será mi vida cuando regrese... –susurró. Se imaginó que Nigel Sylvester se pondría hecho una furia por haber tenido que rescatarla. Se echó a temblar.

–¿Qué es lo que quieres decir?

Maddie se mordió los labios, arrepintiéndose de haber cometido aquel pequeño desliz.

—En primer lugar, tengo que volver a mi trabajo. Desaparezco de la faz de la Tierra durante un montón de días y vuelvo con las manos vacías. Eso no es bueno para ascender en la profesión.

—Pero te vas a casar. Por lo tanto, ese tipo de cosas no importan.

—No me puedo creer que acabes de decir eso. Es de un machismo tan descarado... Deberías sentirte avergonzado.

—Simplemente estaba repitiendo un punto de vista ya familiar. ¿O acaso vas a decirme que tu *fidanzato* quiere que sigas trabajando después de casarte? No me lo creo, Maddalena.

Ella giró la cabeza para mirarlo con desaprobación.

—¿Acaso hay algo sobre mí que no sepas?

—Sí –respondió él con una sonrisa–. Un último secreto que aún tengo que hacer mío y ya sabes de qué se trata. No finjamos.

—Al menos hay algo que te puedo ocultar.

—Bueno, está en manos de Dios. Aún tengo esperanza. Hay muchas cosas que tú podrías aprender de mí, que deseo contarte y que tú jamás preguntas.

Ella se colocó las manos sobre el regazo para tratar de ocultar el hecho de que le estaban temblando.

—Preferiría cambiar de tema.

—*Certamente*. ¿De qué quieres hablar?

—Has dicho que íbamos a ir a la costa, pero conozco muy poco de esta zona. ¿Adónde me llevas exactamente?

—¿Es que no te lo he dicho? Tengo asuntos en Portofino. Asuntos privados –añadió con sorna.

Se produjo un profundo silencio. Maddie miró al frente, rígida por la ira y la incredulidad. ¿Qué diablos estaba él tratando de demostrar? ¿Que las mujeres de su vida estaban tan locas por él que no le importaba compartir sus favores? ¿Era eso lo que había planeado para ella si cometía el terrible error de convertirse en su amante?

Al menos se había librado de aquella humillación, pero verse obligada a conocer a la amante que tenía en aquellos momentos era otra historia. Cruel para ambas.

Sintió un profundo dolor y un gran deseo de gritar, de golpearlo, de echarse a llorar.

«Dios mío. Estoy celosa. Por primera vez en mi vida, estoy celosa. Ahora sé lo que se siente y lo odio. Me odio a mí misma. Después de todo, no es como si yo...».

Trató de no seguir pensando para no experimentar más dolor. Algún día dejaría todo aquello atrás y lo olvidaría como si hubiera sido un mal sueño. Debía aferrarse a ello.

A pesar de todo, habría dado cualquier cosa por poder obligarlo a detener el coche y a regresar a la casa, pero sabía que él se negaría a hacerlo y se reiría de ella.

Por ello, se clavó las uñas en las palmas de las manos y se dispuso a aguantar.

Portofino estaba situada al borde de una pequeña península. La carretera que conducía hasta la hermosa ciudad era muy estrecha y se retorcía como una serpiente.

–No tienes necesidad de preocuparte –dijo él. Debía de haberse dado cuenta de la fuerza con la que ella se estrechaba las manos–. Conozco bien esta carretera.

–Estoy segura de ello –replicó con toda la frialdad que pudo reunir–. No estoy en absoluto preocupada.

–*Certo que no*! –exclamó él–. Por supuesto que no. No se permite que los coches entren en la ciudad, por lo que tendré que aparcar y tendremos que caminar un poco.

–Un paseo me vendrá muy bien –dijo–. Uno largo, tal vez, mientras tú te ocupas de tu asunto privado.

–Ah... en cuanto a eso, *bella mia,* te necesito a mi lado. ¿Acaso no te lo había dejado claro?

Maddie lo miró con amargura.

–Sí, pero había esperado que, por el bien de todos, hubieras cambiado de opinión.

–No soy yo quien tiene que cambiar de opinión, Maddalena. Y tengo intención de demostrártelo muy pronto.

Andrea aparcó el vehículo en un pequeño aparcamiento cerca de la bahía. Salió del vehículo y lo rodeó para abrirle la puerta a ella. Entonces, le ofreció una mano que Maddie ignoró.

Ella se quedó de pie durante un instante, alisándose las arrugas de la falda y atusándose el cabello después de quitarse el pañuelo.

–*Andiamo* –dijo Andrea mientras le agarraba firmemente el brazo. Ella trató de zafarse.

–Te lo ruego... No puedo hacer esto. No estoy preparada...

–Preparada o no, es hora de que sepas la verdad. Debes saber por qué te traje aquí. Y las razones por las que no te he dejado escapar.

Bajaron por una empinada calle, de la que se apartaron unos metros después para entrar en otra más tranquila.

–¿Adónde vamos?

–A hacer una visita a Villa Gabriele.

–¿Te das cuenta de lo cruel que estás siendo... con esa mujer? –le preguntó. No quiso añadir que con ella también.

–Esto no es crueldad, sino necesidad.

Dieron la vuelta a una esquina y se encontraron de frente con una casa de color miel, protegida con unas altas verjas de hierro. Era muy grande y estaba rodeada de un hermoso jardín.

Maddie pensó que Andrea no escatimaba el dinero con su amante. Decidió que, con aquella visita, quería demostrarle lo que se iba a perder por no querer convertirse en una más de sus conquistas. ¿Habría otra casa de similares características esperándola a ella?

Andrea atravesó la verja y se dirigió hacia la puerta de entrada. Allí, llamó al timbre. La puerta se abrió inmediatamente y Maddie se quedó muy asombrada al ver a Domenica. Esta saludó a Andrea con una inclinación de cabeza y un murmullo cortés, pero, para la atónita Maddie, no hubo más que una mirada de antipatía.

¿Qué diablos estaba Domenica haciendo allí?

Domenica los condujo hasta un amplio salón en la parte posterior de la casa y luego los acompañó hasta una terraza desde la que se dominaba el resto de la ciudad y el mar. Una mujer vestida de negro estaba de pie junto a la balaustrada de piedra. Se dio la vuelta rápidamente. Aquella no era la seductora mujer que Maddie había imaginado. Era una mujer madura. Llevaba el cabello oscuro, teñido ya de mechones plateados, recogido en la nuca. Seguía siendo hermosa gracias a una exquisita estructura ósea, pero al mismo tiempo revelaba una expresión tensa, cansada. Observaba a Maddie con unos ojos color ámbar en los que se percibía la misma expresión utilizada por Domenica.

La mujer se giró hacia Andrea y le habló rápidamente en italiano. Él respondió.

—Mammina, tenía que ocurrir. Ya lo sabes. Ahora, te ruego que hables inglés para que Maddalena pueda entender —dijo él mirando a Maddie, que permanecía de pie como una estatua junto a él—. *Carissima,* deseo que conozcas a...

—Sé quién es —replicó ella—. Es Floria Bartrando. La cantante de ópera desaparecida por la que vine a Italia. Yo... no me lo puedo creer.

–También es mi madre –dijo Andrea–. La condesa Valieri.

Maddie se quedó sin aliento.

–Encantada de conocerla –susurró, a duras penas.

La condesa no le devolvió el saludo.

–No tengo intención alguna de volver a hablar con usted, *signorina*. Accedo a conocerla tan solo por lo mucho que ha insistido mi hijo –la informó con una voz llena de hostilidad–. No tengo deseo alguno de recibir a una joven que tan abiertamente se alía con mis enemigos.

–¿Enemigos? –repitió Maddie–. ¿Qué quiere decir? Si se refiere a mi prometido y a su padre, ellos sabían exactamente el motivo de mi viaje y me pareció que jamás habían oído hablar de usted.

No obstante, al mismo tiempo recordó que Jeremy le había dicho que su padre se oponía totalmente a la idea de que ella visitara Italia.

–No –repuso la condesa–. El padre de Andrea se preocupó mucho para que no fuera así. Sabía que eso ocasionaría problemas y temía el resultado que eso pudiera tener. Por eso, insistió en que nuestro secreto debería esperar tiempos mejores para poder protegerme. Para proteger mi reputación y mi carrera.

–No entiendo nada... ¿Qué problemas?

–Tal vez sería mejor empezar desde el principio –sugirió Andrea–. Ya llegado el momento de dar explicaciones, no de crear mayores malentendidos –añadió. Tomó la mano de su madre y la besó–. Mammina, te lo ruego. Intenta comprender que Maddie es inocente en todo este asunto.

–¿Inocente? No lo creo. Sin embargo, ocupémonos del asunto tal y como tú sugieres, *figlio mio*.

La condesa indicó una mesa.

–¿Nos sentamos?

Cuando los tres hubieron tomado asiento, Domenica apareció con una bandeja que contenía vasos y una jarra de limonada recién hecha. Andrea le sirvió un vaso y Maddie lo aceptó. Entonces, se dirigió de nuevo a la condesa.

—Estoy lista para escucharla.

Andrea tomó la palabra.

—Me gustaría que antes respondieras una pregunta —le dijo—. Desde que conoces a los Sylvester, ¿has oído alguna vez mencionar el apellido Marchetti?

Maddie frunció el ceño.

—Sí. En una ocasión. Jeremy me explicó que los Sylvester solían tener socios extranjeros en la junta. Estoy segura de que ese era uno de los nombres.

—Así es —afirmó Andrea—. El último fue Benito Marchetti. Su mala salud no le permitió desempeñar un papel muy activo, por lo que se hizo con las riendas su hijo Tommaso. Él se había pasado gran parte de su infancia en Inglaterra e incluso había ido al colegio con Nigel Sylvester, del que era amigo. Se esperaban grandes cosas de él y, efectivamente, fue él quien dijo que había problemas en la sucursal de Milán, por lo que decidió ir a investigar personalmente. Mientras estaba allí, conoció a una chica, una joven soprano que estaba luchando por hacerse famosa. Estaba en Milán para estudiar con un reconocido maestro antes de regresar a Roma para representar el papel de Gila en *Rigoletto*.

—Nos enamoramos —dijo Floria—. No debería haber ocurrido. Fue una locura. Los dos éramos demasiado jóvenes. Estábamos empezando nuestras carreras, pero, de repente, nada importaba. Tan solo estar juntos. Estábamos abrumados por lo que sentíamos, por la necesidad que teníamos el uno del otro. Nunca me había dado cuenta de que a veces ocurre así. Que, en un momento, dos vidas cambian para siempre. No se lo dijimos a nadie, pero el mejor amigo de Tommaso, que nos había presentado, se enteró de algún modo y prometió guardarnos el secreto. Lo hizo toda la vida.

–¿Se refiere al conde Valieri? –le preguntó Maddie.

–Sí –intervino Andrea–. Decidieron que cuando la temporada en Roma se terminara, se casarían. Tommaso regresó a Londres para investigar algunas de las cosas que había averiguado en Milán.

–¿Qué cosas? –preguntó Maddie.

–Sumas de dinero perdidas en un laberinto de transacciones que no llevaban a ninguna parte. Transferencias que no se podían rastrear. Las pruebas de todas aquellas irregularidades sugerían que una persona era responsable, pero Tommaso no quería creerlo –respondió Andrea–. Él se lo contó todo a Cesare Valieri, quien le advirtió que tuviera cuidado. Efectivamente, poco después de su regreso a Londres, el propio Tommaso fue arrestado y acusado de apropiación indebida. Todo lo que había averiguado en Milán empezó a apuntarle directamente a él.

–¿Cuánto se suponía que había robado? –preguntó Maddie.

–Mas o menos medio millón de libras. Se le negó la fianza y tuvo que esperar el juicio en prisión. Mientras estaba en la cárcel, escribió una carta a su *fidanzata* explicándole que le habían tendido una trampa y prometiendo que demostraría su inocencia muy pronto. Le dijo que no se le ocurriera ir a Inglaterra ni implicarse en modo alguno y le recomendó que le escribiera solo a través de su abogado. También escribió a Cesare. Le impuso las mismas condiciones y le pidió que cuidara de su amada si le ocurría algo malo a él. Les dijo a ambos que no tenía duda alguna de que el caso se desestimaría y que el verdadero culpable tendría que ir a prisión. A ambos les dijo el nombre de esa persona.

Maddie miró fijamente a la condesa.

–Sé lo que va a decir y no... No voy a creérmelo.

–Tampoco se lo creía Tommaso –replicó la condesa tras tomar un sorbo de limonada–. Ese hombre había sido su amigo. Le parecía imposible que hubiera hecho todo aquello y que, además, hubiera dejado un rastro que lo inculpaba a él. No obstante, es la verdad.

Floria Bartrando miró fijamente a Maddie a los ojos antes de proseguir.

–Debe aceptarlo, *signorina*. Nigel Sylvester es un delincuente. Un ladrón. Y, a los ojos de Dios, también un asesino.

Capítulo 12

NO! –exclamó Maddie mientras se ponía de pie. Volcó el vaso y la limonada que había estado bebiendo se derramó por las losetas de la terraza–. Jamás creeré algo así. Ni siquiera...

–He dicho asesino a los ojos de Dios –afirmó la condesa–, no que él cometiera el hecho o contratara a alguien para realizarlo. Eso lo admito. Sin embargo, fueron sus maquinaciones para tapar su propio delito lo que hizo que mi Tommaso terminara en la cárcel y, por ello, es responsable de su muerte.

–Hubo una pelea en la cárcel –explicó Andrea–. Dos hombres atacaron a otro. Tommaso fue a ayudar a la víctima, pero uno de los atacantes tenía un trozo de metal afilado y, durante la pelea, se lo clavó a mi padre en la garganta, según parece accidentalmente. Se desangró antes de que llegara la ayuda.

–¿Tu padre? –preguntó Maddie–. ¿Estás diciendo que él era tu padre? Yo creía que...

La condesa levantó una mano.

–Le dije a Tommaso que estaba embarazada antes de que regresara a Londres. Me alegré de haberlo hecho y estoy segura de que él hubiera demostrado su inocencia si hubiera vivido. Pero el caso murió con él, dejando esa mancha injusta e imperdonable en su nombre.

Maddie volvió a tomar asiento. Le temblaban las piernas.

–¿Y qué es lo que puede hacer?

–Puedo conseguir que Nigel Sylvester pague por lo que hizo. Un poeta escribió en una ocasión que las ruedas de Dios muelen muy lentamente. Solo hay que tener paciencia para que se cumpla la venganza.

–Pero no puede demostrar nada –arguyó Maddie tratando de defender al que iba a ser su suegro–. Además, el señor Marchetti pudo cometer un error y culpó al hombre equivocado. Es posible. La inocencia de Tommaso Marchetti no supone que el culpable sea Nigel Sylvester.

–Claro que hay pruebas –replicó Andrea–. Tommaso escribió todos los detalles de su investigación y ocultó los papeles bajo los tablones del suelo de su apartamento de Londres. Solo le contó a Cesare dónde estaban las pruebas. Su amigo encontró los archivos mientras solucionaba los asuntos de mi padre.

–Pero si el conde tenía las pruebas, ¿por qué no las utilizó entonces?

–Porque el caso quedó cerrado oficialmente y también sabía que mi padre no confiaba en el inspector que llevaba la investigación. Temía que las pruebas, simplemente, se evaporaran.

–Sin embargo, por encima de todo pensaba en mí –dijo la condesa–. Cuando yo me enteré de la noticia, enfermé de tal manera que no era capaz de ni pensar ni casi de hablar. Ciertamente no podía cantar. Desde entonces no lo he hecho. Durante un tiempo, pensé incluso que perdería a mi hijo.

Maddie sintió que se le hacía un nudo en la garganta y miró a Andrea. «Podría ser que no hubieras nacido, que yo nunca te hubiera conocido ni hubiera estado entre tus brazos. No puedo ni pensarlo siquiera...», pensó.

–Tommaso pidió a Cesare que me protegiera –prosiguió la condesa–, una promesa que él se tomó muy en serio. Decidió que yo necesitaba un lugar en el que recuperarme y recobrar mis fuerzas y también la cordura. Me dio eso y mucho más –añadió con ternura–. Incluso me ofreció su apellido para mí y para mi hijo sin pedir nada a cambio. Nos casamos en secreto en una iglesia de las colinas de Trimontano y fuimos a vivir a la Casa del Lobo. Andrea nació allí y fue criado como hijo de Cesare.

–Pero la gente la buscaría. Ya era una cantante famosa y...

–Sí, pero nadie sabía dónde mirar. Usted tampoco lo habría sabido si no la hubieran conducido hasta aquí.

Maddie se mordió los labios.

–No necesita recordármelo, pero usted tenía una voz tan hermosa... ¿Cómo pudo soportar dejar de cantar?

–Durante un tiempo, me pareció que me iba a morir de tristeza. Sin embargo, a medida que fue pasando el tiempo, nació mi hijo y mi vida cambió para mejor. Me convertí en la esposa de un hombre que me amaba y, con la felicidad renovada, fui recuperando la voz poco a poco. Sin embargo, me hice la solemne promesa de que no volvería a cantar en público hasta que Nigel Sylvester hubiera pagado por lo que hizo. Y no lo haré, aunque ahora espero que mi retorno no se demore ya demasiado.

–Y así fue como captó mi atención –suspiró Maddie–. ¿Qué habría hecho usted si mi productora hubiera enviado a otra persona?

–No era nuestro único plan –replicó la condesa–. Simplemente, habríamos vuelto a empezar. Tal vez en las Maldivas...

–¿Sabía usted adónde iba a ir yo de luna de miel?

–La familia Sylvester no tiene secretos para nosotros –la informó tranquilamente la condesa–. Mi difunto esposo decidió vigilarlos y, a lo largo de los últimos años, la vigilancia se ha intensificado.

–Entiendo...

–No había animadversión personal contra usted –dijo Floria–, pero nos pareció que nos podría ser útil. Y así se ha demostrado. Aunque no ha sido demasiado sensato.

–Eso lo subrayo –dijo Maddie fríamente.

–La información de que Nigel Sylvester podría pasar a convertirse en miembro de la Cámara de los Lores nos dio la oportunidad de arrebatarle precisamente lo que tanto ha trabajado para conseguir.

–¿Y cree que va a dejar escapar esa oportunidad? –le preguntó Maddie con incredulidad–. Nunca.

–No le queda elección –afirmó Andrea–. Entre los papeles de mi padre hay una carta escrita por el propio Sylvester en la que le suplicaba que, por el bien de su amistad y por el buen nombre del banco, no siguiera dejando el fraude al descubierto, y le ofrecía enmendar la situación. Debió de asumir que jamás se descubriría.

–Pero, si tienen tantas pruebas, ¿para qué me necesitaban? No tiene sentido.

–Porque queremos más de él –repuso Andrea–. Debe escribir otra carta dirigida a nosotros en la que admita su culpa, no solo del fraude sino de la traición que condujo a la muerte de mi padre. Además, debe negarse a aceptar el nombramiento que se le ha ofrecido.

Maddie apartó la mirada.

–En ese caso, no me sorprende que no haya respondido –dijo en tono sombrío–. Veo que le estás pidiendo demasiado para él.

–Yo lo llamo justicia divina, *signorina*. ¿Acaso nos culpa a nosotros? –le preguntó la condesa.

–No, pero debería comprender por qué me gustaría no haber oído hablar nunca de usted.

Maddie se levantó y se dirigió hacia la balaustrada para admirar la vista que se divisaba desde allí. Se preguntó cómo algo podía ser tan hermoso cuando el mundo al que ella ansiaba regresar se había convertido en algo oscuro y sórdido.

Andrea se acercó a ella.

–Perdóname, Maddalena, pero ya iba siendo hora de que escucharas la verdad.

–Te aseguro que Jeremy no sabe nada de todo esto –afirmó con voz temblorosa.

–Naturalmente –replicó él con voz seca.

–¿Es que no lo crees? –le espetó ella.

–Es lo que tú crees. Con eso basta.

Maddie notó algo en la voz de Andrea, algo que le aceleró los latidos del corazón.

Rápidamente, cambió de tema.

–Entonces, Domenica en realidad trabaja para tu madre. Bueno, eso explica la hostilidad. Ahora que he conocido a la condesa, puedo comprender la devoción que siente hacia ella. Ojalá yo la hubiera conocido en otras circunstancias.

–Un deseo que comparto.

–Me alegro de que ella encontrara la felicidad con tu padrastro.

–Era un hombre inmejorable. La amó desde el principio, pero cuando ella conoció a Tommaso, supo con una sola mirada que la había perdido.

–Tal vez debería haber hablado y no haber sido tan noble.

–¿Y cómo podemos juzgar ahora desde la distancia?

–¿No te parece que es eso exactamente lo que estás haciendo ahora? –le espetó ella. Entonces, se volvió hacia la casa–. Me gustaría marcharme, por favor.

–Todavía no. Vamos a almorzar aquí con mi madre.

–No podría comer nada.

–Pasar hambre no es el mejor modo de enfrentarse

a las malas noticias. Vamos –dijo agarrándola por el brazo.

Aquel contacto la abrasó por dentro. Se zafó de él.

–No me toques.

Andrea dio un paso atrás con la tensión reflejada en el rostro.

–Como desees, Maddalena, pero mi madre y el almuerzo están esperando. Espero que al menos me obedezcas en esto.

Maddie entró en la casa seguida de Andrea. Allí, Domenica los estaba esperando para acompañarlos al comedor, una sala tan grande y tan bellamente decorada que conseguía que el comedor de la Casa del Lobo pareciera rústico y sencillo.

Maddie tomó asiento y todos empezaron a comer. Después de los *antipasti*, una deliciosa selección de fiambres y marisco, tomaron *linguine* con un delicioso *pesto*. El plato principal era pescado al horno y de postre, tomaron melocotones al vino tinto. Domenica se encargó de atender la mesa, por lo que Maddie casi esperó que alguna de aquellas delicias terminara derramada sobre su regazo, pero no fue así. Consiguió comer, a pesar de que había perdido el apetito.

La conversación fue prácticamente inexistente. Andrea parecía perdido en sus pensamientos, por lo que era la condesa la que, de vez en cuando, se dirigía a Maddie para mantener la cortesía que se le debía como invitada.

Estaban aún comiendo cuando Domenica regresó al comedor. Se dirigió directamente a Andrea y le habló en voz baja. Maddie captó la palabra *telefonata*. Se dio cuenta de que el estómago le ardía por el miedo y la excitación.

Se dijo que debía tranquilizarse. Seguramente, tan solo se trataba de algún problema en sus negocios o en la casa. Él se levantó de la mesa y salió del comedor tras colocarle a su madre una mano en el hombro. Aquel gesto le hizo pensar a Maddie que el asunto podría ser de importancia.

La tensión reinante en el comedor era casi tangible. Los minutos fueron pasando y la espera se hizo interminable. Maddie tenía las manos sobre el regazo y las apretaba con tanta fuerza que tenía los nudillos blancos.

Se dijo que aquel era el momento que estaba esperando. «Deberías estar pensando en que te vas a reunir con Jeremy. Deberías estar sonriendo ante la perspectiva de verlo, de regresar a la normalidad, de volver a ocuparte de los preparativos de la boda...».

Sin embargo, aquel día lo había cambiado todo. Ya no sabía lo que esperar. Había averiguado cosas que no hubiera querido saber nunca. Se echó a temblar.

Andrea regresó por fin. Cuanto tomó la palabra, su voz era suave, casi plana, sin triunfalismo alguno.

–Ha llegado un visitante de Inglaterra y está esperando en la casa. Parece que lleva consigo la carta que estábamos esperando. Por fin, todo ha terminado.

Se produjo un tenso silencio. Finalmente, la condesa perdió el control y rompió a llorar. Andrea se acercó a ella para abrazarla mientras le susurraba tiernas palabras en su propio idioma.

Maddie se levantó y se dirigió hacia la puerta para salir de allí. En el vestíbulo, se encontró con Domenica.

–¿Por qué está usted aquí? –le preguntó la mujer con agresividad–. ¿Acaso la ha invitado Su Excelencia a recorrer la casa? No lo creo.

–Deseo ir al cuarto de baño. Supongo que eso me está permitido –replicó Maddie.

Domenica murmuró algo entre dientes y la condujo a un espacioso cuarto de baño.

–Yo la espero fuera –le dijo.

Maddie sentía unas enormes ganas de llorar. Las piernas le temblaban tanto que tuvo que apoyarse contra el lavabo de mármol para no caerse mientras se mojaba el rostro y las muñecas con agua fría. Al mirarse en el espejo, vio que estaba muy pálida. Decidió que era tan solo el shock en el que se encontraba por lo que acababa de averiguar. Shock mezclado con alivio. Nada más. Cuando llegara a la Casa del Lobo, Jeremy la estaría esperando y ella volvería a sentirse bien. Se enfrentarían juntos a los inevitables problemas.

Entonces, ¿por qué le resultaba tan difícil formar su imagen o recordar el sonido de su voz o lo que sentía cuando él la abrazaba?

Domenica llamó a la puerta y la sacó de su ensoñación.

–Un momento –dijo mientras se apartaba los cabellos del rostro y trataba de abrocharse de nuevo el pasador.

Entonces, abrió la puerta y se dispuso a salir al pasillo.

–¿Acaso desea registrarme? –le preguntó a Domenica mientras abría la puerta. Entonces, se detuvo en seco y se ruborizó al ver que la persona que la estaba esperando no era Domenica, sino la condesa–. Oh... lo siento.

–No hay necesidad –replicó la condesa. Tenía los ojos enrojecidos, pero había vuelto a recuperar el control–. Mi hijo me ha pedido que le diga que desea marcharse lo antes posible.

–Sí, por supuesto.

–Además, he hecho que mi doncella se marche para que podamos hablar en privado –añadió–. Pensaba que usted conocía la verdadera naturaleza de su futuro suegro, pero que estaba dispuesta a pasarlo por alto por su riqueza y posición. Por lo tanto, para mí, usted era uno de ellos. Tras haberla conocido, ya no lo creo. Acepto que tenía derecho a saber la verdadera razón de su implicación en este asunto y que debería haberla escuchado antes de mis labios.

—Mi relación con el señor Sylvester jamás ha sido fácil –admitió Maddie–, y ahora va a ser más difícil que nunca. Yo también acepto eso. Sin embargo, por otro lado, siempre me dije que me iba a casar con Jeremy y no con su padre, y sé que mi prometido es otra parte inocente en todo este asunto –dijo con una sonrisa–. Estoy segura de que podremos solucionar las cosas.

Se produjo un breve silencio.

—Su lealtad es muy loable y la de Domenica también lo es, aunque de un modo diferente. Siempre ha sentido una gran devoción hacia mí.

—Ya me he dado cuenta. ¿Se comporta de ese modo con todos los que no pertenecen a la familia o solo conmigo?

—Se decía que su abuela tenía un don, la habilidad de ver el futuro –dijo Floria–. Parece que predijo que una mujer de cabello muy claro que venía desde el otro lado del mar ocasionaría el fin de la Casa del Lobo. Desde el principio, Domenica ha estado convencida de que será usted.

—Pues se equivoca –le aseguró Maddie–. Estoy segura de que no seré la última rubia extranjera que se cruce con Andrea.

Forzó otra sonrisa.

—Sé que he realizado muchas amenazas desde el principio y las decía en serio, pero eso ya es agua pasada –añadió–. Prometo que no le causaré problemas cuando regrese a Londres, por lo que no se debe preocupar por eso.

–Te lo agradezco. *Tuttavia, signorina,* me temo que sea demasiado tarde y que el daño ya esté hecho. Que sea lo que Dios quiera –dijo con un suspiro–. Ahora, es mejor que no hagamos esperar más a Andrea.

Capítulo 13

ANDREA estaba en el vestíbulo, paseando de arriba abajo incansablemente. Tenía la tensión reflejada en el rostro y parecía pensativo. Al encontrarse con su madre, le agarró las manos y se las besó, y luego también en la mejilla.

–Ahora, me ocuparé de lo que queda por hacer, Mammina –le dijo–. ¿Procedo tal y como acordamos? ¿No has cambiado de opinión?

–Se hará justicia –respondió la condesa–. Eso es lo que importa. Y nuestra decisión está tomada.

Andrea asintió. Maddie experimentó un escalofrío. Había pensado que Andrea no sabía a quién se enfrentaba cuando decidió desafiar a Nigel Sylvester. Ya no seguía pensando lo mismo.

Mientras regresaban al coche, Maddie volvió el rostro hacia la casa y vio una cara familiar observándola desde una de las ventanas superiores con el puño extendido.

–¿Qué significa esto? –le preguntó a Andrea repitiendo el gesto.

–Es la *mano cornuto* –replicó él bruscamente–. Protección contra el mal de ojo. Supongo que se trata de Domenica.

–Sí, pero creo que está siendo demasiado cautelosa –contestó, tratando de que pareciera que estaba bromeando–. Después de todo, no va a volver a verme.

–En realidad, siento que te conociera –replicó Andrea–. La puse a tu cargo porque mi madre le enseñó a hablar inglés y pensé que así todo sería más fácil. Ahora veo que cometí un error.

–El inglés de tu madre es maravilloso.

–Aprendió idiomas como parte de su preparación musical. También sabe hablar fluidamente francés y un poco de alemán.

–Si la carta es lo que esperáis, ¿crees que volverá de nuevo a cantar?

–*Non lo so* –dijo él encogiéndose de hombros–. ¿Quién lo sabe?

Con ese comentario, Andrea pareció dar por concluida la conversación. ¿Por qué debería eso importarle a ella cuando, muy cerca de allí, Jeremy la estaba esperando para que los dos pudieran volver juntos a casa? «En cuanto lo vea, en cuanto me tome entre sus brazos, todo volverá a ser como antes. Además, ya puedo enfrentarme a su padre, lo que hará que nuestro futuro juntos sea más fácil. Estoy segura de ello».

Cuando llegaron a la Casa del Lobo, vieron un coche desconocido aparcado frente a la casa. El conductor estaba apoyado sobre el capó mientras se fumaba un cigarrillo. Eustacio, por su parte, estaba en la escalera de entrada a la casa con una expresión francamente ansiosa en el rostro. Cuando Andrea se bajó del vehículo, el mayordomo le dedicó una larga parrafada en italiano. Él se detuvo un instante antes de dejar que Maddie entrara antes en la casa.

En el vestíbulo, ella se detuvo y oyó que Andrea decía suavemente a sus espaldas:

–Maddalena...

Maddie tuvo la alocada y aterradora sensación de darse la vuelta y arrojarse entre sus brazos, de suplicarle que la abrazara y la mantuviera a salvo para siempre. Se encontró resistiéndose con cada átomo de fuerza de voluntad que poseía.

–Me llamo Maddie –dijo–. Maddie Lang. Y me gustaría ver a mi prometido, por favor.

Vio cómo Andrea abría la puerta del salón mientras el corazón le latía alocadamente. Pensaba que Jeremy iba a estar en el salón, esperándola. Entonces, se quedó de piedra al ver lo necia que había sido.

Entró en el salón muy decidida y, entonces, se paró en seco. El hombre que la estaba esperando no era Jeremy, sino un completo desconocido, algo corpulento, cabello gris y cara enrojecida.

–Usted debe de ser la señorita Lang –dijo al verla. Se levantó de la butaca en la que había estado sentado–. Para ser la víctima de un secuestro, parece que goza de mucha libertad. ¿Sabe usted cuánto tiempo llevo esperando?

–Si hubiéramos sabido de su llegada, *signore,* se le podría haber evitado ese inconveniente –dijo Andrea

El recién llegado lo miró de arriba abajo.

–Estoy aquí para hacerle una entrega a un tal conde Valieri. En cuanto a usted, jovencita, vaya haciendo la maleta. Vamos a tomar un vuelo en Génova esta misma noche.

Maddie se tensó, pero, una vez más, fue Andrea el que intervino.

–Según tengo entendido, su nombre es Simpson. ¿Puedo darle la bienvenida a mi casa?

–No tenemos tiempo para eso –le espetó el recién llegado–. Mis órdenes son hacer la entrega y marcharme con la chica –añadió volviéndose de nuevo a Maddie–. Date prisa, guapa. Ya has causado suficientes problemas como para ahora hacernos perder el avión.

–¿Cómo se atreve usted a hablarme de ese modo? –preguntó ella–. ¿Dónde está Jeremy, mi prometido? ¿Por qué no está aquí?

–¿Crees que mi cliente iba a meterse en la guarida

de un extorsionador? No, bonita. Tu viajecito ya le ha costado muchos quebraderos de cabeza. Yo he venido para recogerte sana y salva, como prometió tu secuestrador, y llevarte a Londres.

Entonces, abrió el maletín que tenía al lado de la butaca y sacó un sobre.

—En cuanto al supuesto conde, recibe esto a cambio de ti –se dirigió a Andrea–. Y quiero un recibo.

Andrea le dedicó una gélida sonrisa.

—Espero que no le moleste que compruebe el contenido del sobre antes de entregarle a la *signorina* Lang.

Tomó el sobre que el recién llegado le ofrecía y revisó rápidamente su contenido. Entonces, volvió a meter la carta en el sobre.

—Su cliente ha mantenido su palabra –dijo–. Yo mantendré la mía. Ordenaré que le hagan el equipaje a la señorita Lang y que lo bajen inmediatamente.

—Creo –intervino Maddie–, que soy yo quien tiene que decidir, así que les ruego a ambos que dejen de hablar sobre mí como si no estuviera presente. No voy a viajar con usted, señor Simpson, ni esta noche ni en ningún otro momento. Explíquele a su cliente que llegué sola a este país y volveré al mío sola cuando yo decida hacerlo y con mi propio billete.

—Esas no son las órdenes que me ha dado mi cliente.

—A usted le pagan para que lo obedezca. A mí, sin embargo, no. Si Jeremy deseaba que yo obedeciera, debería haber enviado a un mensajero con una actitud muy diferente. Dígale eso también.

—Pero él estará esperando...

—Yo también he estado esperando –replicó Maddie–. Durante bastante tiempo, considerando que esperaba salir de aquí en menos de veinticuatro horas. Tal vez también debería decirle eso.

El señor Simpson se volvió a mirar de nuevo a Andrea.

—Esto rompe el acuerdo.

Andrea se encogió de hombros.

—¿Por qué? Yo he dejado en libertad a la *signorina* Lang. Ella ya no está bajo mi control... ni de nadie más, según parece. Yo no puedo obligarla a regresar con usted. Supongo que podría llevársela arrastrando al coche, pero no se lo recomendaría.

—Yo tampoco —dijo Maddie.

—Estoy empezando a pensar que está metida en esto con él. Tal vez debería llevarme el sobre...

—De eso ni hablar —le espetó Andrea—. Y espero que no se deje llevar por la fantasía, *signore*. La *signorina* y yo nos conocimos por primera vez la noche en la que se la trajo aquí y ha estado en esta casa contra su voluntad desde entonces. Hace solo dos días, puso en riesgo su seguridad y trató de escapar. Se reunirá con su futuro marido cuando ella lo quiera.

—¿Y qué garantías puede tener él de eso?

—Mi promesa —dijo—, algo en lo que, una vez más, tendrá que confiar. Ahora —añadió mientras se dirigía hacia la puerta para abrirla—, le ruego que se marche de aquí. Ha sido un placer.

El señor Simpson dudó. Entonces, recogió su maletín y se marchó. Unos segundos más tarde, se oyó cómo su coche se alejaba de la casa.

—¡Qué hombrecillo más desagradable! —exclamó Maddie.

Andrea cerró la puerta y se acercó a ella.

—Aun así, eso no ha sido muy sensato, Maddalena.

—¿Acaso crees que debería haberme ido con él?

—Has dicho muchas veces que tan solo deseabas estar libre. Para mostrarlo, te escapaste. Ahora que todo ha terminado y tienes la posibilidad de marcharte y todas las razones del mundo para hacerlo, decides quedarte. ¿Por qué?

–Supongo... que me sentía abrumada –dijo, sin saber muy bien cómo responder–. Estaba completamente segura de que sería Jeremy quien viniera a buscarme. Contaba con ello...

–Siento que te hayas llevado una decepción.

–Sin embargo, me marcharé mañana, si puedes dejar que Camillo me lleve en coche a Génova. Encontraré un hotel allí y esperaré hasta que pueda tomar un avión para volver.

«A menos que tú me pidas que me quede...».

–Eso no será necesario. Yo me ocuparé de que estés en el primer vuelo de mañana que te resulte conveniente –replicó–. Como esta ha sido la causa de tu sufrimiento, creo que deberías leerla. Verás que confirma todo lo que has escuchado hoy. Te ruego que la leas, Maddalena.

La carta estaba escrita a mano. Maddie la sujetó con la yema de los dedos, como si quisiera evitar contaminarse mientras la leía.

Efectivamente, en la carta, Nigel Sylvester lo admitía todo. El dinero que había retirado de varias cuentas extranjeras para financiar sus negocios privados, la investigación que Tommaso llevó a cabo en Milán y que, gracias a la intervención de Sylvester, lo condujo a la cárcel y finalmente a la muerte... Todo. Terminaba declarando que Tommaso Marchetti era inocente de todos los cargos que se le imputaban.

Maddie respiró profundamente y devolvió la carta.

–Tu padre era su amigo, pero ni siquiera dice que lamente o sienta remordimientos por su muerte.

–La carta fue escrita bajo presión, Maddalena. Él solo quería que yo no contara en público la verdad y lo demostrara con las pruebas que poseo.

–¿Cuándo se enteró de eso?

–Perdóname, pero no me acuerdo.

–¿No? Me apostaría algo a que fue cuando descubriste que no estaba dispuesto a levantar ni un solo dedo para recuperarme. Entonces, te viste obligado a presionarlo un poco más.

–Eso no importa. Ha confesado y se ha limpiado el nombre de mi padre. Eso es lo único que importa.

–Sin embargo, este asunto no puede acabar ahí. Tienes su confesión. Seguro que tienes intención de utilizarla.

–Tenemos lo que deseábamos. Él ha cumplido. También ha rechazado el gran honor que lo esperaba. Para un hombre como él, ese es un castigo más que suficiente. Por ahora, haré lo que acordé con mi madre.

Entonces, rasgó la carta en dos mitades, se acercó a la chimenea y dejó caer los trozos en las llamas.

–¡Dios! –exclamó Maddie, incrédula–. ¿Qué has hecho? ¿Te has vuelto completamente loco? Acabas de destruir la prueba más valiosa.

–¿Y cómo lo va a saber él? A menos que tú se lo digas, claro está...

–No, por supuesto que no –suspiró–. Bueno... ha sido un día muy estresante. Creo que me iré a mi dormitorio durante un rato.

–Como desees –dijo él. Se dirigió a la puerta y se la abrió–. ¿Recuerdas el camino o quieres que mande llamar a Luisa?

–Me las puedo arreglar. Creo que, a estas alturas, podría encontrar hasta las puertas que tienes escondidas si me pusiera a ello.

–O, al menos, las que has visto –replicó él con una sonrisa.

A Maddie le pareció que la estaba tratando como a una invitada. Nada más. Sin embargo, ¿qué era lo que había esperado?

—Hasta luego, entonces —añadió él.

Maddie asintió y se marchó. Apretó las manos con fuerza para que él no se diera cuenta de que estaba temblando.

Cuando llegó a la suite, se dirigió a su dormitorio y se tumbó sobre la cama.

—¿Qué voy a hacer, Dios mío? ¿Qué voy a hacer?

De algún modo, tenía que lograr pasar el tiempo que le quedaba allí sin que se le notara el laberinto interior en el que se encontraba y poder enfrentarse al desconocido en el que Andrea se había convertido de repente.

Se había sentido atraída por él desde el principio y se había dejado llevar, primero en contra de su voluntad. Desgraciadamente, había terminado prisionera de su propia trampa y le resultaba imposible resistir la atracción que sentía hacia él, la urgente necesidad que, de algún modo, Andrea había despertado en ella y que parecían compartir.

Sin embargo...

A pesar de que no había sido su intención, sabía que, en aquel momento, no tenía nada. Nada podía ser peor que vivir en aquel limbo. Tal vez incluso debería haberse marchado con el odioso Simpson...

Finalmente, se levantó de la cama, se soltó el cabello y se desnudó. Tras asearse un poco en el cuarto de baño, se metió bajo las sábanas y trató de dormir.

No le resultó fácil. No hacía más que pensar en Andrea... Recordaba cómo él la había devorado con los ojos mientras bajaba la escalera, arrodillándose para atender las ampollas que tenía en los dedos y, sobre todo, dándole placer con tanta dulzura.

Los recuerdos serían lo único que podría llevarse consigo cuando se marchara.

Poco a poco, las imágenes fueron desvaneciéndose y se quedó dormida.

Cuando se despertó, notó que había alguien en el cuarto de baño. Inmediatamente, Luisa salió.

–*Scusi, signorina. E l'ora di cena* –dijo. Se dirigió al armario y sacó el vestido negro.

–No, *grazie*. Yo elegiré lo que voy a ponerme... *decidere*.

Luisa volvió a colgar el vestido, inclinó la cabeza y dejó a Maddie sola.

Ella se levantó y decidió que la siesta le había sentado muy bien. Se dirigió al cuarto de baño y comprobó que, al despertar, veía las cosas con mucha más claridad que cuando se había quedado dormida. Como resultado, había tomado una decisión. Una última tirada de dados. Ganar... o perder.

Eligió una esencia de baño y añadió una generosa cantidad al agua. Después de bañarse, se aplicó la crema del mismo aroma y se miró en el espejo. Los hematomas aún se le veían, pero los arañazos estaban cicatrizando muy bien.

No tenía tiempo para esperar a que las marcas se le borraran. Tenía que actuar en aquel mismo instante. Aquella noche. Además, él ya sabía el aspecto que tenía desnuda.

Abrió el armario y sacó el camisón y la bata negros. Se puso el camisón. Este era tan transparente que parecía una delicada y oscura bruma tocándola como una caricia. Por supuesto, no ocultaba casi nada, pero aquella era precisamente la razón por la que lo había elegido. A continuación, se puso la bata y se abrochó los botones.

Se cepilló el cabello, dejándoselo suelto, y se maquilló. En aquella ocasión, bajó sola al salón, subrayando su nuevo estatus como invitada y no como prisionera.

Cuando entró en el salón, vio que Andrea estaba de pie junto a la chimenea observando las llamas.

–¿Has visto? He conseguido llegar yo sola.

Él se volvió. Tenía un vaso en la mano y la observó como si estuviera presa de una ensoñación.

—Enhorabuena —dijo—. Te alegrará saber que ya se te ha reservado tu vuelto a Londres para mañana. Camillo te llevará a Génova. Deberías estar lista a mediodía.

—Es muy amable de tu parte.

—Al contrario. Los dos nos sentiremos aliviados cuando nuestras vidas recuperen la normalidad. ¿Te apetece algo de beber?

—Un vino blanco, por favor —dijo, algo afectada por lo que él acababa de decir. Las cosas no parecían ir según su plan. Aceptó la copa que Andrea le ofrecía y la levantó a modo de brindis—. Por el futuro... sea lo que sea lo que pueda traer.

—Para ti parece haber pocas dudas —replicó él tras tomar un sorbo—. Te casarás con el hombre que amas. Tu fe en él no ha disminuido.

—Aparte de hoy, cuando no vino a buscarme...

—Un pequeño malentendido que se olvidará muy rápidamente.

—Pero tú dijiste que, en su lugar, habrías entrado como un rayo aquí para recuperarme.

—Dije muchas cosas, ninguna de las cuales importa ahora —repuso Andrea.

Se terminó su whisky y colocó el vaso vacío sobre la mesa del comedor. En aquel momento, Maddie se dio cuenta de que solo estaba preparada para un comensal. En ese momento, Andrea añadió:

—Ahora, debes excusarme, Maddalena. Esta noche voy a salir a cenar fuera. Tal vez no regrese antes de que te marches mañana, por lo que espero que aceptes mis mejores deseos. Que tengas un buen viaje. ¿Qué es lo que dice vuestro Shakespeare? ¿Que «los viajes acaban en reuniones de amantes»? Espero que eso sea cierto en tu caso.

Entonces, le tomó la mano y se inclinó sobre ella.

–*Addio, mia bella*. Tu *fidanzato* es un hombre muy afortunado.

Incapaz de reaccionar, Maddie vio cómo él se dirigía hacia la puerta.

–No lo comprendo. Te marchas y me dejas pasar esta noche, la última vez que estamos juntos, a solas.

Andrea se volvió para responder.

–No existe nada entre nosotros, Maddalena. ¿Cómo podría haberlo? Nos podemos separar sin lamentarnos. Algún día, me darás las gracias por ello. Créeme.

–¿Te importaría decirme al menos adónde vas?

Andrea se encogió de hombros.

–A Viareggio, *carissima*, igual que voy a menudo, pero creo que ya lo sabes.

Con eso, se marchó.

Capítulo 14

DIOS mío, cariño! –dijo Jeremy al verla–. Ha sido un infierno en la Tierra. Me parecía que estaba viviendo una pesadilla.

Maddie contempló el brillo del diamante que volvía a ocupar su mano izquierda.

–Te aseguro que para mí tampoco fue un paseo por el parque.

Sin embargo, su pesadilla había comenzado cuarenta y ocho horas antes y aún no había despertado.

–Debes de haber tenido mucho miedo.

–Al principio. Luego sentí ira.

–En realidad, como decía mi padre, no estabas en peligro realmente. No era como si te hubiera secuestrado la Mafia. De hecho, creo que fue más bien cosa de poco...

–¿Tú crees? Pues a mí no me lo pareció.

–Tal vez, pero ya estás de vuelta, sana y salva.

Maddie no se podía creer lo que estaba escuchando. No pudo responder porque Jeremy volvió a tomar la palabra.

–Supongo que le habrás dicho a todo el mundo lo que te ha ocurrido, sobre todo a tu familia y a tu jefe.

–No. Todos, incluidos mis tíos y Todd, creen que he estado recorriendo el norte de Italia tratando de encontrar a una soprano desaparecida y que, por fin, he admitido mi derrota. Pensé que era lo mejor.

–Por supuesto. Así te evitas preguntas incómoda y

demás. Después de todo, este asunto ha rayado lo ridículo. Tanto jaleo para conseguir que mi padre tratara de exonerar a un antiguo empleado por una acusación de fraude bien merecida. ¿Quién se creería algo así?

–Sí, claro... Sin embargo, si era un asunto tan trivial, ¿por qué tardasteis tanto tiempo en resolverlo?

–Bueno, cariño. Es la clase de situación que podría malinterpretarse fácilmente. Mi padre tenía que pensar en la reputación del banco.

–Por supuesto. Qué tonta soy.

–Además, ¿qué tiene todo eso que ver con ese tal Valieri? Debe de estar completamente loco.

–No. Es un hombre muy testarudo y decidido.

–Bueno, Trevor Simpson no es de la misma opinión. Su informe era muy diferente.

–Me lo imagino.

–En primer lugar, dice que, cuando llegó, tú no estabas en la casa, sino dando un paseo en coche en compañía de Valieri, y que luego te negaste a regresar con él. Debes admitir que todo parece un poco raro.

–En realidad, no lo es. Se me ofreció salir de mi cárcel durante unas horas y, como me estaba volviendo loca, acepté. Además, encontré a tu señor Simpson completamente odioso. ¿Te parece suficiente explicación?

–Está sin pulir, pero a mi padre le resulta útil y eficaz –dijo Jeremy. Entonces, le tomó la mano–. Te aseguro que no estoy tratando de disgustarte, pero esta situación ha sido muy difícil para mí. No lo estoy llevando muy bien... Tengo que decir que reunirme contigo después de tanto tiempo en un bar después del trabajo no es el reencuentro romántico que había esperado... Vayámonos de aquí, al piso. Mi padre me prometió que lo tendríamos para nosotros solos...

Maddie trató de controlar un escalofrío.

–Jeremy, no puedo... Todavía no. He pasado por una situación muy difícil. Yo... necesito tiempo.

Jeremy frunció la boca con evidente desilusión.

–Eso es algo más de lo que necesitamos hablar. Mi padre me ha sugerido que adelantemos la boda y celebremos una ceremonia íntima en alguna parte. Después, podremos celebrar el banquete en el día que habíamos elegido en un principio.

–¿Adelantar la boda? ¿Por qué?

Jeremy pareció incómodo.

–Él espera que te ayude a sentirte más... asentada. Además, eso es precisamente lo que me dijiste que querías en una ocasión. Me sugeriste que nos fugáramos y nos casáramos en secreto con un par de testigos.

–Algo a lo que tú te negaste.

–Supongo que tengo derecho a cambiar de opinión.

–Sí, claro, pero yo también. Creo que deberíamos mantener la boda en el día acordado. Que necesite recuperarme no quiere decir que esté loca de atar.

Jeremy volvió a tomarle la mano.

–Cariño... ¿no entiendes que, después de lo ocurrido, no quiero seguir esperando?

–Me he visto sometida a mucha presión últimamente. Esta es una decisión importante, Jeremy. No quiero precipitarme.

La lógica se lo sugería. Su instinto le decía que se mantuviera firme.

–Contéstame una cosa –prosiguió–. ¿Por qué no llevaste tú mismo esa carta a Italia?

–Quise hacerlo, cariño, pero era... complicado. Seguro que lo entiendes.

–¿Complicado? ¿Qué tiene de complicado una situación que es «cosa de poco»? Sé sincero, Jeremy. Tu padre te dijo que no y tú no te opusiste a él, ni siquiera aunque ello significara reunirte conmigo un poco antes.

–Era natural que mi padre estuviera preocupado.

–Ojalá hubiera estado también preocupado por mí. Podría haber sido liberada mucho antes. ¿Es esa la razón por la que tenía tanto empeño en que yo no fuera a Italia? ¿Porque temía que el pasado volviera a pedirle cuentas?

–Por supuesto que no. Y estamos hablando de un asunto sin importancia alguna. Simplemente no deseaba verse forzado a admitir un montón de cosas inciertas y potencialmente peligrosas. Pero, por supuesto, tu seguridad y tu bienestar eran lo más importante, por lo que, al final, puso su nombre a esa sarta de mentiras. Y tuvo que renunciar a que lo nombraran *lord*. Esto le dolió mucho, pero dijo que ningún sacrificio era demasiado grande. Por cierto, cariño mío. ¿Dijo ese Valieri lo que pensaba hacer con la carta? Se tomó muchas molestias para conseguirla, por lo que debe de tener algo en mente.

–A mí no me confiaría un detalle tan importante –mintió, aunque estuvo a punto de confesar que Andrea la había quemado–. ¿Por qué me lo preguntas?

–¡Por el amor de Dios, cariño! ¿No te parece evidente? Esa maldita carta es como una bomba, esperando a que llegue su momento para explotar.

–Tal vez tenerla es suficiente para él y no tiene intención de utilizarla.

–Sí, claro. Eso es tan cierto como que ahora está amaneciendo. ¿Crees que se puede confiar en un canalla como él?

–Tengo bastante poca experiencia con los canallas.

–Cariño mío... Esto es por lo que quiero que nos casemos tan rápidamente como sea posible. Tal vez el concepto de que un hombre desee proteger a su esposa sea algo anticuado, pero yo soy un hombre chapado a la antigua y me siento orgulloso de ello. ¿Por qué hacerme esperar?

–Tal vez porque tengo la convicción de que el matrimonio debe ser una sociedad al cincuenta por ciento y considero que soy suficientemente capaz de cuidarme sola.

–Bueno, las pasadas semanas demuestran lo contrario.

–En realidad, yo no era el verdadero objetivo –replicó Maddie–. Lo que me puso en situación de riesgo fue mi asociación con tu familia.

–¿Y por eso te niegas a casarte conmigo ya?

–No me he negado. Simplemente, necesito tiempo.

–Bueno, podremos hablar de ello el fin de semana –comentó Jeremy–. Mi padre me sugirió que deberíamos ir a algún sitio tranquilo los dos solos.

Maddie pensó en la cantidad de veces que se había mencionado a Nigel desde que se sentaron allí.

–Me temo que no es posible. He quedado con mis tíos en que iría a verlos.

–¿No puedes dejarlo para otra ocasión? Estoy seguro de que si les dijeras que necesitamos pasar tiempo juntos lo entenderían.

–Puede ser, pero creo que unos días en casa me ayudarán a pensar. Entonces, te prometo que te responderé.

También rechazó una invitación a cenar en su restaurante favorito.

–¿Lo podemos dejar para otro día? –repuso al ver que Jeremy comenzaba a enfadarse–. Desde que regresé no he dormido demasiado bien y necesito meterme pronto en la cama.

Ya en la calle, Jeremy le paró un taxi. Antes de que ella se subiera al coche, le tomó el rostro entre las manos y la miró a los ojos.

–Me odio por preguntarte esto, pero debo hacerlo. Ese Valieri... Necesito saber lo que ocurrió mientras estabas allí con él. Dios, Maddie... ¿te forzó?

–No –respondió ella mirándolo también a los ojos–. Nunca. Yo fui simplemente parte de una transacción. ¿Te tranquiliza eso?

–Supongo –susurró él. Inclinó la cabeza y la besó. Maddie se obligó a responder–. Volvemos a estar juntos –añadió mientras la ayudaba a meterse en el taxi–. Sé que todo va a salir bien. Estaré esperando tu respuesta.

Mientras el taxi se alejaba, Maddie volvió la cabeza y vio que Jeremy seguía en el mismo sitio, con los ojos entornados y el ceño fruncido. Entonces, le dio la sensación de que estaba mirando a un desconocido. No obstante, nada de lo ocurrido en los dos últimos días le había parecido del todo real.

Al recordar lo ocurrido desde el momento en el que salió corriendo del salón de la Casa del Lobo para regresar a su dormitorio, completamente herida y humillada, hasta el momento en el que se montó en el avión para regresar a Inglaterra, llegó a una sorprendente conclusión. Si Andrea la hubiera poseído cuando ella se lo ofreció, jamás se habría marchado de Italia. Se habría entregado a él en cuerpo y alma durante el tiempo que él quisiera.

Y aquel pensamiento le aterraba.

Afortunadamente, tenía un fin de semana de paz y tranquilidad en el que rearmarse, cerrar la puerta al pasado y volver a construir su futuro, el futuro que había estado a punto de traicionar. Si se olvidaba de todo lo ocurrido, recordaría por qué se había enamorado de Jeremy y por qué había accedido a casarse con él. Ninguna otra cosa importaba. Después de todo, él no era responsable por algo que su padre había hecho antes incluso de que él naciera.

Necesitaba crear un matrimonio fuerte que pudiera resistir la influencia de Nigel Sylvester. Sabía que no sería fácil, pero debía luchar por ello para que, juntos, pudieran tener opciones de ser felices.

Como Sally y Trisha se habían ido al cine, cuando regresó a su apartamento lo tenía para ella sola. Cenó rápidamente y decidió mirar algunos de los correos electrónicos que se le habían acumulado en su cuenta personal mientras estaba ausente.

Mientras examinaba la bandeja de entrada, le llamó la atención ver el nombre de Janet Gladstone. Su vestido de boda. Se sintió atónita. No había esperado tener noticias de ella. Pinchó el mensaje y lo leyó con incredulidad.

Ha sido muy precipitado, pero he conseguido acabarlo. Te ruego que me informes de cuándo puedes venir para realizar la última prueba.

Maddie no sabía qué pensar. Aquello resultaba muy extraño. Decidió contestar. *Qué sorpresa. Iré a verla el fin de semana.* «Y le haré también muchas preguntas», pensó mientras pinchaba en *Enviar*.

—Es perfecto —dijo Maddie casi con veneración mientras se miraba en el espejo—. Precioso. Y no necesita ningún retoque. Maravilloso. Muchas gracias.

—No está completamente terminado —repuso Janet Gladstone mientras sonreía con satisfacción. Solo una puntada en el bajo antes de que se marche a la iglesia. Me encantan las antiguas supersticiones.

Mientras le preparaban el vestido para que pudiera llevárselo, Maddie se cambió de ropa y se preparó para hacer la pregunta cuya respuesta más ansiaba saber.

—Señora Gladstone, ¿por qué le ha parecido que este encargo ha sido muy precipitado? Aún faltan varias semanas para la fecha que le di.

—Pero si la señora Sylvester me dijo que esa ya no

era la fecha... Me dijo que llamaba en su nombre para advertirme de que la boda sería mucho antes y que se cancelaría el pedido si yo no podía terminarlo a tiempo. Espero no haberme equivocado... –añadió la mujer, preocupada.

–Bueno, el error no es suyo –dijo Maddie–. Y lo que verdaderamente importa es que tengo un maravilloso vestido.

Pagó la cuenta y se marchó de la tienda. Cuando llegó al coche de su tía Fee, lo colocó cuidadosamente sobre el asiento trasero. Había pensado en marcharse directamente a casa, pero decidió dirigirse a Fallowdene a pedir explicaciones.

Allí, el ama de llaves la acompañó al salón en el que se encontraba la señora Sylvester leyendo una revista de moda y tomando café.

–¡Madeleine! –exclamó–. ¿A qué debo este inesperado placer? Señora Ferguson, traiga otra taza, por favor.

–Gracias, pero no quiero café. Acabo de recoger mi vestido de novia y me gustaría saber por qué se ha terminado con tanta prisa... y en mi ausencia.

–¿Lo ha conseguido esa mujer? –preguntó Esme muy sorprendida–. Es más eficiente de lo que había pensado. Sin embargo, yo solo era la mensajera. Y, si quieres que sea sincera, me sorprendió mucho.

–¿Qué quieres decir?

–No creí que fuera a haber boda. Ni a mi esposo ni a mi hijastro les gusta que se ignoren sus deseos. Jeremy quiere una esposa que haga lo que se le dice sin rechistar. Tu viaje a Italia fue la última gota. Sin embargo, cuando te secuestraron, tuvieron que pensar de nuevo en la situación. Si solo hubiera sido por dinero, no habrían pagado bajo ningún concepto, pero lo que pidieron a cambio de tu libertad era mucho peor. Era una ruina en potencia. Por eso, tuvieron que traerte a casa y por eso Jeremy quiere que te cases inmediatamente con él. Ahora, Madeleine, sabes demasiado sobre el asunto de Tommaso Marchetti y necesitan que esos detalles en particular queden en la familia.

—¿Jeremy y tú sabéis lo ocurrido con ese hombre?

—Naturalmente. Jeremy y su padre no tienen secretos...

—No me lo creo. Solo dices esas cosas para causar problemas, porque yo jamás te he caído bien —dijo Maddie completamente desesperada.

—¿Quieres decir que Jeremy no te ha preguntado ya lo que ese Valieri tiene intención de hacer con la información? —replicó Esme con cinismo.

—¿Cómo... cómo lo has sabido?

—Eres una ingenua. Yo conozco a los Sylvester y tú no. O, al menos, todavía no. Hasta que tengan una respuesta, no dejarán de preguntar. Estoy tratando de hacerte un favor, porque no tienes ni idea de dónde te estás metiendo. Tú siempre has sido muy transparente sobre tus intenciones de apartar a Jeremy del radio de influencia de su padre, pero eso no ocurrirá nunca. Jeremy ya no es el muchacho del que tú te enamoraste hace años, sino el digno hijo de su padre. Y no estoy segura de que tú puedas aceptar eso, por muy rica que seas. Tú y yo somos muy diferentes.

—Sí... Es cierto —dijo Maddie. Se quitó el anillo de compromiso y lo dejó encima de la mesa—. Gracias. Ha sido una conversación muy reveladora. Yo casi me había convencido de que Jeremy me necesitaba.

—Oh, no... Esos dos solo se necesitan el uno al otro.

Sin saber cómo, Maddie salió de la casa y regresó a su coche. De camino a casa, recordó haber parado en el arcén y arrodillarse en la hierba para vomitar. Cuando se le pasaron las náuseas, se sintió profundamente aliviada. Saber que estaba completamente sola era mejor que conformarse con ser la marioneta que Jeremy quería que fuera.

De algún modo, aprendería a vivir con ello.

Capítulo 15

LO QUE sorprendió verdaderamente a Maddie fue lo poco que les extrañó a sus tíos y sus compañeras de piso que hubiera roto el compromiso. De igual modo, Todd le dijo que se alegraba de la noticia si ello no significaba que iba a dejar su puesto de trabajo. Sin embargo, nadie le preguntó si estaba segura de hacer lo correcto.

Como era de esperar, la única oposición llegó por parte de Jeremy. La bombardeó con cartas, correos, ramos de flores y visitas inesperadas. Maddie se limitó a responder con firmeza y tranquilidad. Había tomado su decisión. Tenía la intención de tratar el pasado como si fuera un libro cerrado. Sin embargo, jamás le contó la conversación que había tenido con Esme.

A medida que las semanas fueron pasando, el asunto fue cayendo en el olvido. El trabajo fue su salvación. Un día, estaba preparando todo lo necesario para marcharse a Oxford para entrevistar a una escritora de novelas de misterio cuando Todd salió de su despacho. Los ojos se le salían de las órbitas por la emoción.

—¿Recuerdas la quimera que te llevó a Italia? Bueno, pues resulta que era muy real. Floria Bartrando se ha puesto en contacto con nosotros y está dispuesta a hablar.

Maddie se quedó de piedra.

—Pues buena suerte a quien se ocupe de ello.

–¡Por el amor de Dios, Maddie! ¡Tienes que ser tú! Ha preguntado por ti explícitamente.

–No puedo hacerlo, Todd. No puedo regresar a Italia. Te ruego que no me pidas explicaciones...

–Ella no está en Italia, sino aquí en Londres –replicó Todd con gesto triunfante–. Está en el hotel Mayfair y quiere verte esta tarde a las siete y media. ¿Qué te parece?

–Te sugiero que envíes a Holly. Esta noche tengo planes –mintió.

–Pues los cambias. Te he dicho que quiere verte a ti, a nadie más... Dios –añadió al ver la negativa reflejada en el rostro de Maddie–, jamás entenderé a las mujeres. Estás un montón de días buscándola y ahora que aparece no quieres saber nada. Pensé que te pondrías a dar saltos. Bueno, este es tu proyecto, guapa... Sea cual sea el problema, solúcionalo y a trabajar.

Con eso, Todd regresó a su despacho con un portazo.

Maddie decidió guardar silencio. Tendría que dar unas explicaciones que no estaba dispuesta a compartir.

Siguió trabajando sin conseguir mucho. Decidió marcharse antes de tiempo con la excusa de que le dolía la cabeza.

–Pues tómate un ibuprofeno –le recomendó Todd–. Asegúrate de que estás en plena forma a las siete y media.

Su tono dejó claro que se trataba de una orden y no de una sugerencia.

Para la entrevista, decidió ponerse una ropa muy sencilla. Falda gris, camisa blanca y zapatos negros sin tacón. Se recogió el cabello y se lo ató en la nuca con una cinta negra. Quería dejarle claro a la condesa que ya no era la mujer que su hijo había llevado a Portofino.

Cuando llegó al hotel, la recepcionista le confirmó

que la estaban esperando y le indicó el ascensor. Al llegar a la planta indicada, se encontró con que un hombre de cabellos grises la estaba esperando.

–*Signorina* Lang, me llamo Guido Massimo. ¿Le importaría acompañarme, por favor?

El hombre la condujo a la entrada de la suite. Allí, se hizo a un lado para que ella pudiera pasar primero.

La suite era muy elegante y lujosa y contaba con dos puertas que, sin duda, daban acceso a los dormitorios. El salón estaba vacío en aquellos momentos, pero no dudaba que Floria Bartrando no tardaría en aparecer. Entonces, escuchó que la puerta se cerraba a sus espaldas. Al darse la vuelta, se dio cuenta de que el señor Massimo no la había acompañado a la suite. Estaba completamente sola.

Cuando una de las puertas se abrió, no pudo creer lo que estaban contemplando sus ojos. Andrea entró en el salón, vestido con un traje oscuro. Llevaba el cuello de la camisa desabrochado y la corbata le colgaba a ambos lados del cuello.

–Has venido –dijo él–. No estaba seguro de que lo hicieras.

–Estoy aquí para hablar con tu madre –replicó ella–. Por ninguna otra razón. ¿Dónde está?

–Está visitando a unos amigos en las afueras de Londres. Regresará mañana.

–En ese caso, yo haré lo mismo.

–No puedo obligarte a que te quedes, por mucho que desee hacerlo, pero, antes de que te vayas, quiero que me respondas una pregunta. ¿Es cierto que ya no estás comprometida con el hijo de Sylvester?

–Eso no es asunto tuyo –contestó ella. Se había sonrojado.

–En ese caso, hagamos que lo sea. He realizado un viaje muy largo para oír tu respuesta.

–Pues has perdido el tiempo.

–Pero la esperanza nunca se pierde.

Maddie, que ya iba de camino hacia la puerta, se volvió al escuchar aquella frase.

–¿Esperanza? ¿Y qué es lo que esperas?

–A ti, *carissima*. Si ya no estás prometida con el hombre por el que me dejaste, espero tenerte entre mis brazos. En mi cama. Espero que seas mía completamente.

–¡Qué halagador! –explotó–. Es decir, yo seré tu amante en Londres, una más aparte de las de Génova, Turín, Roma... Sin duda, la lista es interminable. ¿Es eso lo que me sugieres? Porque la respuesta es «no».

–No me insultes ni te insultes a ti misma, Maddalena. No voy a decir que no ha habido mujeres en mi vida, pero desde que te conocí no ha habido nadie. Te lo juro. Era... imposible.

–Se te olvida muy convenientemente tu amiguita de Viareggio –le espetó Maddie.

–Visité a Giulia en una ocasión, para decirle adiós. Ella se merecía esa cortesía.

–Pero regresaste con ella... La noche antes de que me marchara. Tú mismo me lo dijiste.

–No, *mia cara*. Eso lo utilicé como excusa. Me marché a Trimontano y me alojé solo en el hotel en el que tú tenías tu reserva, en la misma habitación en la que tú habrías dormido. Te deseaba tanto que no podía pasar otra noche más bajo el mismo techo contigo...

–Si eso es cierto –susurró Maddie–, ¿por qué... por qué querías que me fuera?

–Para cumplir mi trato con los Sylvester. Se lo había prometido por mi honor y tenía que hacerlo aunque me desgarrara por dentro. Sabía que si te poseía, tendría que romper mi palabra porque no te dejaría marchar. Además, no tenía garantía alguna de que tú quisieras quedarte. Desde el principio, no habías dejado de decirme que lo único que deseabas era regresar a Inglaterra y casarte con tu prometido. No hubiera podido soportar tenerte y ver que luego te marchabas con él. Me dije que debía aprender a vivir sin ti, pero no podía dejar de pensar que, en vez de eso, debería haberme puesto de rodillas para suplicarte que te quedaras conmigo durante el resto de nuestras vidas. Para convertirte en mi amor y en mi esposa.

Andrea se detuvo. Maddie vio la vulnerabilidad que se le reflejaba en la mirada. El miedo que había en sus ojos.

—Dios sabe que no te he dado razón alguna para sentir algo por mí, Maddalena, pero, tal vez, si soy paciente, podría conseguirlo. Solo te pido que me des esa oportunidad. La esperanza —susurró mientras daba un paso al frente–. ¿Me la darás? Dime algo, aunque, una vez más, sea «no».

Maddie sonrió.

—Bueno, no me has dado oportunidad de hablar. Cuando te marchaste aquella noche, me quedé destrozada. Me sentía humillada porque me parecía que había hecho el ridículo, pero también culpable, porque creía que había traicionado a Jeremy. Me dije que no se lo merecía porque no era responsable de lo que su padre había hecho y, probablemente, ni siquiera lo sabía. Quería volver a empezar con él, pero no pude. Yo ya no era la misma persona y él tampoco. Me di cuenta de que, en realidad, podía ser que no lo hubiera conocido nunca y que solo había visto lo que quería ver.

—*Carissima*...

—Déjame terminar. Desde que regresé, no he vivido. Pensaba que ya no tenía esperanza alguna, pero aquí estás tú... como un milagro. Esto no tiene sentido porque prácticamente no nos conocemos y necesitaríamos algo de paciencia, pero, si de verdad me quieres, soy tuya.

Andrea recorrió la distancia que aún los separaba y la tomó entre sus brazos. Entonces, la besó profunda y apasionadamente. Maddie se rindió y se apretó contra él como si deseara que la absorbiera.

—De paciencia nada —susurró. Entonces, la tomó entre sus brazos y la llevó a su dormitorio.

Maddie había esperado que Andrea la poseyera rápidamente para que los dos pudieran aplacar su mutuo deseo, pero estaba equivocada. De repente, parecía que tenían todo el tiempo del mundo para poder saborearse íntima y deliciosamente. Descubrió que las manos de Andrea eran delicadas y suaves mientras la desnudaba. Oyó cómo él la animaba cuando, tímidamente, se dispuso a desnudarlo. Gozó cuando los cuerpos desnudos de ambos se unieron finalmente. Recordó el placer que podían proporcionarle los dedos al acariciarle los senos y cómo la lengua se transformaba en fuego líquido al lamerle los pezones. Gozó cuando él comenzó a acariciarle el vientre sin dejar de besarla. Sintió una profunda excitación al notar cómo le deslizaba la mano entre las piernas, estimulando la cálida humedad de la entrepierna y haciendo que todo su cuerpo se tensara de deseo.

Maddie también comenzó a tocarlo, a deslizarle las manos por los hombros, por el torso y el abdomen hasta llegar al poder y la fuerza de su erección. La acarició delicada y provocativamente desde la base hasta la punta hasta que él gimió de placer.

Sin embargo, cuando Andrea se colocó encima de ella y la levantó hacia él para penetrarla, Maddie se tensó involuntariamente.

—¿Qué ocurre? ¿No quieres esto?

—Sí... sí, pero tengo miedo.

—¿De que yo te haga daño? Te prometo que no lo haré.

–No se trata de eso. Tengo miedo de desilusionarte. De no darte lo que esperas.

–¿Y si yo te digo que también estoy nervioso porque, por primera vez, voy a hacer el amor con una mujer que amo y su felicidad significa todo para mí?

Maddie sonrió.

–En ese caso, tal vez yo podría dejar de preocuparme... y ser feliz.

Andrea la penetró lentamente, llenándola por completo. Maddie sintió que desaparecían todas sus inhibiciones, como si llevara toda la vida esperando aquel momento. Levantó las piernas y le rodeó la cintura con ellas, respondiendo a sus potentes movimientos y sintiendo cómo las más placenteras sensaciones fluían desde lo más profundo de su feminidad, hasta que finalmente perdió el control y se vio consumida por una espiral de increíble placer.

Oyó que Andrea gritaba su nombre casi con desesperación y se vertía en ella temblando de gozo.

Después, cuando las sensaciones pasaron, los dos se tumbaron juntos, con los cuerpos humedecidos por el sudor, aún unidos. Andrea tenía la cabeza sobre sus senos.

–Tú eres mía y yo soy tuyo... Nos casaremos enseguida, en cuanto podamos organizarlo.

–¿Me estás pidiendo en matrimonio?

–Creo que debo, *signorina*. No he utilizado preservativo.

–¿Quieres tener hijos?

–Claro que los quiero, pero tal vez sea mejor dentro de un tiempo.

–Bueno, ya veremos qué ocurre –susurró ella–. ¿Qué crees que va a decir tu madre?

–Si llega ahora, te aseguro que mucho –comentó Andrea, riendo.

–Ella me habló de una profecía. Una mujer rubia y extranjera causaría el final de la Casa del Lobo.

–Eso ya ha ocurrido, cariño mío. Ahora, vuelve a ser la Casa del Verano y está esperando a mi futura esposa.

–¡Sí! Es cierto que lo dijiste. Se me había olvidado. Sin embargo, sigo sin creerme que tu madre se vaya a poner muy contenta con la situación. Creo que no le gustó que estuviera contigo en Portofino.

–Estaba preocupada porque sabía que me había enamorado perdidamente de una mujer que pertenecía a otro hombre y que, si no podía tenerla como esposa, no me casaría y, por lo tanto, no habría heredero para el apellido Valieri –le explicó. Entonces, volvió a besarla–. Sin embargo, lo que te dirá mañana cuando nos reunamos todos es que tiene la intención de volver a cantar en público y la primera vez será en nuestra boda.

–Oh... Eso sería tan maravilloso...

–Y no tengo ninguna duda de que querrá llevarte de compras.

En aquel momento, Maddie se vio vestida con su traje de novia de camino al altar, en el que la esperaba Andrea, con la pasión y la veneración reflejados en la mirada. El hombre que amaba la esperaba completamente enamorado de ella.

–El vestido de novia no hace falta –dijo–, porque ya lo tengo. Lo único que necesita es la última puntada.

Entonces, con una sonrisa en los labios, levantó el rostro para pedirle un beso.

CAROLE MORTIMER

El placer del escándalo

Genevieve Forster, duquesa viuda de Woollerton, sabía muy bien que tenía que dar un paso hacia adelante y empezar a disfrutar. Después de un matrimonio desdichado, estaba dubitativa, pero, en lo más profundo de su ser, anhelaba que la tentaran...

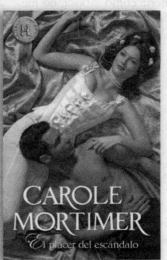

No era de extrañar que a lord Benedict Lucas, con ese aire esquivo y pecaminoso, sus amigos y enemigos lo llamaran Lucifer. No temía escandalizar a la envarada alta sociedad. Además, disfrutaría enormemente mientras sacaba a la luz el lado desvergonzado de Genevieve...

Eran jóvenes, bellas, viudas... y duquesas

Nº 535

Gena Showalter

EL ANHELO MÁS OSCURO

Un guerrero atrapado en la oscuridad y una mujer empeñada en salvarlo que no sospechaba que también él quería salvarla a ella...

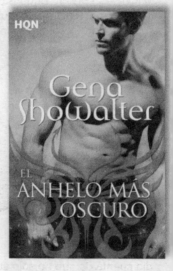

Después de varias semanas de torturas en las entrañas del infierno, Kane no quería ni ver a Josephina Aisling, la bella mujer que lo había rescatado. Mitad mujer, mitad fae, Josephina había despertado a Desastre, el demonio que Kane llevaba dentro y con el que había decidido acabar al precio que fuera.

Kane era el único que podía proteger a Josephina de sus crueles enemigos, su propia familia. Era el primer hombre al que había deseado en toda su vida y él también iba a sucumbir a dicho deseo. Pero mientras luchaban juntos en el reino de los fae, iban a verse obligados a elegir entre vivir separados... o morir juntos.

N° 42

Jazmín

Margaret Way
El guardián de la heredera

Debido a disputas familiares, hacía años que Carol Chancellor no tenía relaciones con la familia de su difunto padre. Por tanto, a la muerte de su abuelo, la familia, tremendamente resentida, no podía comprender por qué era ella la principal beneficiaria del testamento. Afortunadamente, Damon Hunter, un buen abogado de Sídney, había sido designado para velar por sus intereses.

Carol se sentía completamente a salvo con Damon. Y cuando se sintió amenazada, fue la única persona a la que sabía que podía acudir. Pero también se dio cuenta de que no solo su vida estaba en peligro, sino también su corazón.

Un cambio de vida inesperado

N° 2522

¡YA EN TU PUNTO DE VENTA!

Íntima seducción

BRENDA JACKSON

Ninguna mujer había dejado plantado a Zane Westmoreland... excepto Channing Hastings, que lo había abandonado dos años atrás, dejando totalmente trastornado al criador de caballos.

Y, ahora, Channing había vuelto a Denver comprometida con otro hombre. Pero Zane estaba dispuesto a demostrarle que para ella no existía más hombre que él.

Nº 1936

Hay amores imposibles de romper

¡YA EN TU PUNTO DE VENTA!